與玉山有約

樂在成長，活出當代

陳幸蕙——著

願景當前，青春無敵！（序）

這本書獻給新新人類。

獻給校園裡所有學生。

獻給成長中的你。

書中主題是雋永平實的生活哲學、美學與價值觀。

至於為什麼會有這極富意義的寫作工程之啟動？

則源於我在收集了許多新新人類故事後，輾轉於他們的淚光笑痕間，深深有感於為新世代創作，把他們的故事、他們成長過程中的一些困惑與希望、快樂與煩惱、資源與陷阱、迷失與提升……寫出來，乃是身為一名創作者的我，可以，也應該努力的方向。

整個冬天，以及隨之而來的春季，不論窗外是細雨霏霏或麗陽普照的風景，在我親愛的電腦前，為了這本集子的書寫，一次又一次，我嘗試貼近那些熱情純潔、敏感脆弱、徬徨未定的青春之心，把自己素樸的情感、思考斟酌再三的想法，輸入眼前那方形螢幕，看它們轉化為工整字體，精準無誤地跳出。

這之中確實有我熱烈的關懷、深情的擁抱，也許微不足道，但絕對誠懇真實。

而為了讓書中故事更生動活潑有趣，且富於新世紀色彩，換言之，更為「好看」、更具悅讀取向、也更貼近新人類生活體驗——我除穿插置入諸如 iPad、網路、林書豪、憤怒鳥等敘述外，多篇故事也根據新世代慣用思維、語氣、口吻加以創作，希望新新人類親近此書，在陽光取向的「文字浴」中，能開卷心生歡喜，終卷收穫豐碩。

書名《與玉山有約》，則具有昂揚可喜的象徵與暗示，不僅因為這是本書中一帖真實故事的標題，更因為玉山是我們的聖山，崇高峻偉，值得仰望，值得嚮往，更值得我們以勇氣、信心與行動力，接受它的召喚，邁步前去，攀登峰頂！而生命中所有對小我、大我有意義的理想，不論如何具挑戰性與高難度，豈不也都值得我們接受召喚，邁步前去，攀登峰頂，創造、完成，並超越自我？

於是，透過這本作品，我想說的其實是——

願景當前，青春無敵，眺望歲月的新地平線，我們與美好精彩的未來有約！

是的，積極、熱情、前瞻、關懷、愛、希望、成長與學習，那正是我在此書中誠懇書寫，且樂與新世代共享、互勉的。

然後，當所有這些信念，都在書中集合、結晶成一個更為陽光的訊息時，那訊息所傳達的正是：

與美好的未來有約之前，

且讓我們微笑著

先與每一個

充實豐富、元氣淋漓的今天有約吧！

——二〇一二年夏至・于新北市新店

目錄

卷一

我對女兒很有罪惡感

卷二

這個下午不無聊

卷三

與玉山有約

卷　四

快樂方程式

卷 一

我對女兒很有罪惡感

最愛，是你！

在電視上看到一則汽車廣告。

廣告本身有一個溫馨的劇情，敘述一位花農，開車帶著讀國小的兒子去為顧客送花。

輕快流暢的奔馳裡，短髮飛揚的男孩神情愉悅地喃喃：

「爸爸說他載過許多東西，但他最愛載的，是我！」

車子抵達顧客家門口時，男孩翻身下車，打開後車廂門，幫爸爸搬下客人購買的向日葵花盆。

一朵朵碩大金黃、如圓盤狀的向日葵，在陽光下格外顯得燦爛耀眼。

男孩的笑容也很燦爛耀眼。

因為他正幫爸爸的忙。

因為他還沈浸在爸爸所說「最愛載的，是你！」這句話的餘波盪漾裡……。

其實，這也是普天下父母心裡，想對自己孩子說的話。

只是他們沒說出來而已。

——對於我們最在乎的人，我們不是也常有很多話沒說出來嗎？

也許我們不像電視廣告那樣，有一個那麼會說話的爸爸。

但請相信，在爸媽心裡，對你，一定也藏著這樣一句話的：

我最愛載的，是你！

孩子，我最愛的——

是你！

我對女兒很有罪惡感

一直很難忘記那位高一女生的爸爸。

因為他曾說：

「我對我女兒很有罪惡感！……」

這位年約四十的中年男子，在一家私人公司上班。常常白天工作沒做完，下班回家匆匆吃了晚餐，還得再趕回辦公室繼續加班，拜訪客戶。

問他為什麼不隨便買個便當解決，一定要回家吃晚飯？

「這不是很麻煩嗎？」同事常這樣問他。

但這位父親總露出靦腆的微笑說，女兒喜歡他回家吃晚飯，所以麻煩一點沒關係。只是遺憾的是，每一回，他總是最早放下筷子的人。

而每當他離開餐桌，告訴家人他又要去工作時，女兒總會不高興地嘟著嘴抱

怨：

「我，就，知，道！」

中年男子說，他最怕聽女兒說這句話。

因為這讓他覺得自己很煞風景，「罪惡感」就是這麼來的！

但工作等著他，客戶等著他，不容他蹉跎、猶豫。因此，他只好在女兒不高興的眼神，與對她充滿了「罪惡感」的雙重壓力下，非常遺憾地出門。

如果碰到泥濘的雨天，或寒冷的冬夜，那麼，心裡的滋味就更悽慘難受了。

雖也有人問，能不能不加班？

這位收入不豐的父親總苦笑著搖頭說不行：

「不然怎麼養家？何況女兒愛用名牌，運動鞋喜歡 Nike、Reebok，手錶要 Guess，電腦指定用蘋果，周邊配備也非蘋果原廠不可，最近更要求買 iPhone、iPad，還要藍芽鍵盤，平常又收集很多CD，不加班怎麼行呢？」

看著他臉上總是那麼謙和的微笑，明顯的皺紋深溝似在額頭犁開，兩鬢的白肆無忌憚向耳後延伸，我內心常不免有水光閃動。

如果能遇見那總是對父親說「我，就，知，道！」的高一女生，也許，我會這樣對她說吧！——

親愛的女孩，妳知道的是，爸爸總是晚餐桌上最掃興的人。

妳不知道的卻是，他是現實生活叢林中最勞苦的工作者！

妳知道的是，他是妳各種名牌用品的提供者。

妳不知道的卻是，他是為了讓妳快樂而不斷委屈自己的人！

關於妳的爸爸，妳所知道的太少；妳所不知道的，太多！

妳所付出的，太少；而妳所得到的——

幸福的女孩，實在太多！

沒有眼淚的人

和一位國中女生聊天。

女孩說，她曾看見媽媽哭過，但從來沒見過爸爸掉眼淚。

「爸爸的眼淚好像是他的祕密！這是不是就是『男兒有淚不輕彈，只因未到傷心處』呢？」她問。

女孩的國文程度不錯，但對於這屬於一個父親內心隱密的問題，我該怎麼回答？

我相信，從未讓女兒看見自己眼淚的父親，不是因為從未經歷傷心事，只是他不願讓女兒知道自己傷心罷了。

也許，是為了維持一個父親的尊嚴形象，也許是為了怕女兒為自己擔心，但不論如何，這絕不表示他是一個沒有眼淚的人。

因為所有的父親都是人，也都有他們的脆弱與傷痛！

當他被生活重擔壓得喘不過氣來的時候；

當他遭上司責怪或同事不諒解的時候；

當他因工作挫折充滿無力感的時候；

甚至，當他因兒女健康不佳、思想偏差、行為叛逆，或交友問題等種種煩惱……而感到憂慮無助、無語問蒼天的時候——

他的內心仍然，也必然波濤洶湧！

在小男孩時代，也許他會痛哭一場。

但現在，身為父親，他只默默地選擇把脆弱、傷痛隱藏起來，留給自己，不讓兒女看見，只因為不願他們為他煩惱。

孤獨地把眼淚往肚裡吞，是什麼滋味？

獨自承擔沈重的壓力，又是怎樣的負荷？

從來沒讓你看見他的眼淚——

我告訴女孩，是因為他要展現一個堅強的父親形象，好讓你沒有後顧之憂地好好成長！

所以父親的眼淚，的確是他的祕密。
只不過，那是他愛的祕密罷了！

史上最強・愛之處方

上學期，最後一堂公民課，講到「倫理關係」時，老師忽然問同學：

「你們從小到大，和父母在一起，吃飯的時候，通常，都是誰在問對方肚子餓不餓？吃飽了沒？並且，都是誰替誰把菜夾到碗裡？」

不等同學回答，老師便說：

「一定都是爸媽問你們肚子餓不餓？吃飽了沒？也都是爸媽把菜夾到你們碗裡，對不對？」

沒有人表示異議。

這時，教室後排一個聲音冒出來，所有人回頭一看，原來是班寶披薩：

「可是，我都有把菜夾到爸媽碗裡！」

「哦！——」

公民老師讚許地看了他一眼，沒想到披薩卻又說了：

「不過我都是把自己不喜歡的菜夾到爸媽碗裡，這樣我就可以少吃一點！」

全班同學一陣爆笑。

公民老師不理他，繼續問：

「另外，你們從小到大，如果天氣變冷了，都是誰在問誰穿得夠不夠？要不要加毛衣？下雨天出門，又是誰在問誰有沒有帶雨傘？而生病的時候，又都是誰帶誰去掛號看病的？」

還是不等同學回話，公民老師又自問自答說：

「一定都是爸爸媽媽問你們衣服穿得夠不夠？有沒有帶雨傘？生病的時候，也一定都是他們帶你們去看病，對不對？……曾經帶爸媽掛號看病的同學請舉手？」

這回，倒是沒有人舉手或說話了，連班寶也靜悄悄耍不出法寶。

公民老師便說：

「別說帶爸媽看病，恐怕連爸媽生病，你們都不知道呢！所以想想看——」

看全班同學不吭聲，老師提醒他們：

「爸媽對你們，和你們對爸媽，是不是很不一樣？把你們養這麼大，讓你們從頭到腳每一吋肌膚都完好無缺地坐在這裡，你們的爸媽真的是沒有功勞，也有苦勞，沒有苦勞……」

「——也有疲勞！」

忽然，披薩又開口把話接了過去，這回連公民老師也忍不住笑出來：

「這可是你們自己講的，不是我說的哦！好，就看在爸媽對你們功勞、苦勞，還有疲勞的分上，現在，把老師要寫在黑板上的這段話抄下來，期末考一定考，考，考問答！……」

一片叫苦連天聲中，同學發現，老師寫在黑板上的是「史上最強．愛之處方——善待老爸老媽十方」：

認識他們，體貼他們，

關懷他們，祝福他們，

尊重他們，接納他們，

相信他們，支持他們，

諒解他們，超越他們。

由於簡單，考前所有人倒都把這「史上最強十方」背得滾瓜爛熟。但考卷發下來後，翻遍題目紙正反兩面，卻發現一方都沒出現，氣得大家都說公民老師「史上最賊」，害大家上當了！

期末考完進行大掃除時，忽然眼尖的同學看見公民老師正騎摩托車準備回家，大家都叫起來：

「老師好詐哦！『十方』根本沒有考！」

公民老師露出曖昧的微笑，避重就輕地說：

「『十方』真的都背起來了嗎？背起來了要做到喔！別忘了爸媽對你們的功勞、苦勞和疲勞！……祝各位同學寒假愉快，壓歲錢不要亂花喔！下學期再見！」

說完，老神在在發動引擎，把他們一迭連聲「老師真的好詐好詐好詐哦！」拋在後面，便滿意地離去了。

抹茶拿鐵與小蔥餅之夜

那天，小丸子放學回家時，明顯看出哭過的樣子。

媽媽關心地問她怎麼了？

小丸子鼻頭一紅，又掉下淚來。

媽媽遞給她一條毛巾擦眼淚，靜靜陪小丸子坐著。等她情緒平靜下來，小丸子才說起她的傷心事。

原來，幾天前，小丸子和班上最要好的同學因為小小的誤會不說話了。

小丸子記得國一導師曾說過，朋友之間發生摩擦是難免的，但有了不愉快，就要想辦法化解。

老師並且舉了一個例子說，他教過的班上，曾有兩位死黨在鬧翻臉之後，誰都不理誰，可是彼此又都很在乎這段友誼。剛好那時候，其中一個人過生日，這

位壽星請全班同學每人一顆義美小泡芙，但卻在不和她講話的死黨桌上，特別多放了一顆金莎巧克力。死黨一看如此的差別待遇，當然立刻就明白一切！

後來，下課時兩人在走廊上迎面相遇，死黨主動朝她笑了一下，就像武俠小說寫的──相逢一笑泯恩仇──兩人就這樣又和好如初了。

因此老師建議，如果要修補友誼的裂痕，就應主動伸出表達善意的手。

小丸子說，她就是採取這種主動表達善意的作法的呀！因此，特別去金石堂挑了張很可愛的卡片，又在卡片裡誠懇地寫了一些話，希望能和這位曾是最要好的同學，盡棄前嫌，重修舊好。

但沒想到今天下午，小丸子滿懷希望地把卡片放在這位同學桌上，對方卻表示了拒不接受的態度，放學時更板著一張臉把卡片退還給小丸子了。

小丸子問媽媽：

「媽，如果是妳，會不會覺得很難受？我在想，我是不是做錯了什麼？」

媽媽心疼地把小丸子攬進懷裡，輕柔地拍拍她說：

「沒錯，如果是我，我一定也很難過！」

但媽媽告訴小丸子，她沒有做錯什麼，因為在挽救這段受傷友誼的過程中，她確實已經盡力了。但友誼是雙方面的事，如果對方不接受，那也不必勉強委屈自己，或刻意再做什麼——

「就把這問題交給時間去解決吧！」

媽媽告訴小丸子：

「那也就是說，目前就和這位同學這樣保持現狀，不必再有任何表示，至於將來，那就看機緣如何變化再說了。」

另外，媽媽還建議小丸子，不妨把注意力轉移到其他令她愉快的朋友身上——

「這世界很大，好朋友很多呀！」

媽媽說，只要小丸子繼續保持這種友善的態度，不愁沒有新的好朋友的。

說完，媽媽告訴小丸子，廚房裡有她最愛的抹茶拿鐵和碳烤小蔥餅，是爸爸為她買的。

「而且，小蔥餅還是妳最喜歡的——蔥花和胡椒粉加很多的——那種喔！」媽媽說。

小丸子「耶！」的歡呼一聲，衝向廚房。

鬆酥噴香的小蔥餅，搭配鮮綠低甜的抹茶拿鐵，還有爸媽細膩的愛正滿室迴盪，這真是一個幸福的夜晚啊！

從紙袋拿出溫熱小蔥餅，請爸媽一起共享時，小丸子想，即使有最好的朋友，但這世上最愛她、最不會傷害她的朋友，或許，還是爸媽吧！

春天底下兩條蟲

那天，國文課下課後，壽司忽然想起自己在幼稚園小班時的一件往事。

那時，他剛進小班第二天，早上媽媽叫壽司起床時，他忽然「哇！」地一聲哭起來。

媽媽大吃一驚問怎麼了？

壽司抽抽噎噎回答：

「老師說我們要自己起床，不可以讓爸爸媽媽叫起來！」

媽媽聽了，鬆了口氣說：

「哎！你跟老師說是你自己起床就好了嘛！」

沒想到壽司卻哭得更傷心了：

「不可以說謊！老師說，不可以說謊啦！……」

這件像發黃照片的往事，所以突然襲上心頭，是因為那天國文老師在課堂上的一席話觸動了他。

那天上課，老師提到宋代名臣司馬光——

老師說，司馬光五、六歲時，有一回，和姊姊想把一顆胡桃的外皮剝下來，兩人想盡辦法都不成功。後來姊姊離開了一會兒（大概上廁所吧，壽司想），就在這空檔，一位女僕恰巧經過，拿熱開水一燙，胡桃皮就脫落了。當姊姊回來，問是誰剝了胡桃皮時，司馬光回答說是他剝的！父親在旁目睹整個情況，非常生氣，便訓斥司馬光：

「小子何得謾語！」

意思是你怎麼可以說謊？

司馬光說，這是父親對他人格教育的開始，影響他很大，因此他一生對自己最大的期許便是「不妄語」三個字。

後來，當學生問他，做人最要緊的是什麼時，司馬光的回答也只是一個「誠」字。當學生繼續追問，誠從哪裡做起時，司馬光便告訴他們，從不說假話開始！

那麼不說假話——這時，老師忽然從故事回到現實問大家——又該從哪裡做起呢？

全班沒有人回答。

老師便說，像同學這種年齡，當然應從對自己誠實和對父母誠實做起，這是人格打地基的工作，如果地基打不好，整個上層建築都會受影響。

老師並且提醒，在他們這年齡，如非特殊狀況，對父母說謊或隱瞞某些事情真相，最可憂之處，便是以為父母不知道而沾沾自喜，結果錯誤的行為、危險的狀態，逐漸強化，到頭來受害最深的卻往往是自己！

「——各位同學應該都聽過《伊索寓言》裡那放羊小孩的故事吧！」

老師說，放羊小孩說謊成習，當真相大白，所有人都棄他而去時，他的羊群也被野狼吃掉了！

在這寓言裡，老師分析說，羊群被吃掉，是一個象徵；象徵說謊者失去別人的信任，失去所有，終賠上自己的人生。

「所以如非特殊狀況，一般而言，小孩對父母說謊隱瞞欺騙——」

老師搖頭歎了口氣表示：

「只能以一句話來形容，就是——春天底下兩條蟲！」

大家先是不懂，等弄清楚原來就是「蠢」字後都笑起來。

壽司卻笑不出來。

因為從小到大他就經常對自己、對爸媽不誠實，小自作業沒寫，卻說本子交給老師了；大至班費五百元，卻謊稱八百；乃至從抽屜偷拿爸媽的錢、在學校考試作弊等。

所有這些，對照著生命早期那曾經哭喊著「不可以說謊」的自己，壽司懷疑，這是同一個人嗎？

想起擔任大樓玻璃窗清潔工的爸爸，和在家裡為人修改衣服貼補家用的媽媽，平常辛苦工作，對他期望那麼殷切，他卻利用他們對他的信任，欺騙他們，這是多不公平的事？如果今天別人以相同方式對待他，他能接受、原諒對方嗎？

一顆淚珠滴下來，他趕快把它擦去，不想讓同學看見。

於是，就在幼稚園小班那遙遠可愛的往事浮出記憶底層的這個早晨，當微風拂過、拭掉的淚痕在頰上化成一點清涼之際，壽司也同時在心底作了一個決定：以後不再偷爸媽的錢，也盡可能不再對爸媽說謊了！

因為他不想再傷爸媽的心！

因為他不願「春天底下兩條蟲」的標籤貼在自己身上。

因為，啊！

因為他不願像《伊索寓言》裡那放羊小孩一樣——賠上自己的人生！

晚鴿飛過微笑的天空——愛．成長與學習

小學一年級時，爸爸媽媽離婚了。

所有手續都辦完的那天，他獨自趴在陽臺欄杆上，依戀地凝望留著一頭長髮的媽媽背影遠離。

離開這個與他共同生活的家。

他好想聲嘶力竭呼喚：

「媽！不要走！回來和我在一起！……」

但酸楚哽咽的感覺堵住喉頭，他什麼也喊不出來，只能不住地啜泣！

忽然，一種甜腥溫熱的液體流進嘴裡，他用手一抹，竟發現自己不知何時流淌鼻血了。

慌懼中，拉起衣服下襬胡亂擦拭一番，再抬起頭來時，媽媽已消失在巷子盡

頭，再也看不見她了！……

分離的感覺這麼痛！

他一直覺得心底的傷口沒有癒合、結疤。

他找不到讓傷口癒合、結疤的藥！

不久，便聽說媽媽到美國去了，半年後，更和當地一位華僑結婚，開始有了新家庭。

曾經，他和媽媽短暫地通過幾次信，但因為爸爸還在生媽媽的氣，蠻橫地扣住了他們之間所有信件。後來，媽媽搬家，沒有留下明確地址，他和媽媽的聯繫便完全中斷了！

強烈的遺憾和殘缺感，讓他度過了一個很不快樂的童年。

平常他總是絕少笑容，瘦小的個子喜歡獨自靠在角落，想自己的心事，不願和人親近。

也不願再相信任何人，因為怕受到傷害！

國小六年級時，他和堂哥參加住家附近教堂的平安夜活動，偶然認識了藍修女。

藍修女乾淨寬大的白布袍，使他覺得寧靜；她溫和慈愛的眼神，讓他感到安詳；而教堂裡古老的風琴聲、唱詩班虔誠優美的和音、透過彩色玻璃窗篩落在長長走道上的陽光；以及素淨的斗室裡，那頭戴荊冠、被釘在十字架上受苦的形象，總使他模糊地覺得受到一點撞擊與感動。

他不知道為什麼這樣？但隱約覺得這之中，或許有一種療傷止痛的力量。

在藍修女鼓勵下，後來，他甚至參加了教堂的少年唱詩班。一次又一次，在平和美麗的歌聲中，尋覓心靈的安慰和情感的寄託。

國二上期中考完的那個下午，閒來無事，他一時心血來潮去找藍修女。

正在祈禱的藍修女闔上聖經，和他來到有著小小噴水池的中庭，坐在白漆木椅上聊天。

那個下午的陽光特別柔軟；風，特別輕微；無人打擾的中庭，特別安寧——好像那本來就是一個特別適合傾吐心事的下午。

聊著聊著，那是第一次，終於，他在別人面前，袒露從未癒合結疤的傷口，提起了十多年來未再見面的媽媽。

那也是第一次，在別人面前，他如此奔放、毫無壓抑地流淚。

淚水衝開了長久以來閉鎖晦黯的一顆心，洗滌了落滿塵埃的悲傷記憶。

他感到舒服多了。

而藍修女，始終默默傾聽，陪他坐著；直到他抽搐的雙肩平靜下來，眼神也開始透出一種平靜的光。

藍修女沒有勸他不要流淚，卻只慈愛堅定地告訴他，人在這個世界上，最重要的事有三件，那便是——

愛、成長與學習。

如果他的父母在愛的路上曾經走錯，因而傷害了他，那麼他所該做的，便是不要繼續走錯，延長傷害。

愛、成長與學習的意思，便是不論多麼傷心痛苦，都不放棄希望，都堅持活得溫暖充實；並且，要努力讓自己成為有光有熱、有能量的人！

「而你離婚的爸媽——」

藍修女說：

「其實也背負著很多的苦難與傷痕，你知道嗎？」

這是第一次有人對他這樣說，他搖搖頭，微感驚訝。

一向他只以為自己是受傷的人，卻沒想到爸媽也許傷痕更深、痛苦更大！

「但誰來給他們幫助？」

藍修女的語調充滿柔和的穿透力，每一句話都敲在他柔弱敏感的心上。

「如果每個人都背著自己的十字架，都需要安慰，那麼，相信我，你父母尤其渴望你的諒解和安慰！除非原諒過去的錯誤與痛苦，期待將來的平安和快樂，否則，我們實在還不知道什麼是愛！」

……

那天，當夕陽金光投影在藍修女和他身上時，晚鴿飛過微笑的天空，撲拍的翅翼之聲，清脆如歌。清淡的微笑裡，他開始嘗試把愛、成長與學習這幾個字，銘刻在心裡。

在極度的思念與失望之後，的確，他曾經恨過離他而去的媽媽。

因為她使他的生命殘缺。

但現在，在這個明亮溫柔的黃昏，當內心一座陰暗的高牆倒下，他卻開始如此想著：

不論今生能不能再見到妳，

媽媽，

我都祝妳走出妳的苦難與傷痕，

永遠幸福快樂！

舒芙蕾與溜直排輪的外公

舒芙蕾的外公去世已兩年多了。

舒芙蕾懷念外公，偶爾作夢，總看見外公在陽光下慢跑、打網球、騎自行車、跳土風舞，甚至溜直排輪！

有一回，她在夢裡忽然感到鼻酸，醒過來，發現自己真在啜泣時，是看見外公正跨出「童話屋烘焙坊」，拎著她最愛的甜點，微笑朝她走來。……

舒芙蕾最愛的甜點，其實，就是——舒芙蕾。

這是詼諧風趣的外公，生前為她取的可愛綽號與暱稱，不只因為她本就姓舒、不只因為她剛好就最愛舒芙蕾，更因為外公說，不論甜點還是女孩，舒芙蕾，永遠都是世上最美麗、優雅的！

外公離開後，每次經過「童話屋烘焙坊」，舒芙蕾心裡總覺得難過、傷感又羼雜幾絲甜蜜，因為那曾是外公和她最愛去的一家糕餅店，在那裡，他們祖孫倆曾度過許多開心的「舒芙蕾時光」。

其實，小巷碧樹掩映下的「童話屋」，只是一家樸素簡單的手工糕餅店。身兼師傅的老闆，前額微禿，一雙溫柔的眼睛總充滿沈思的表情。據說他曾遠赴法國，在知名的藍帶廚藝學院，專攻法式糕餅甜點，學得一手正宗法式糕點製作絕活後，回到臺灣，便在這寧靜巷弄裡，開起了這奶香四溢、兼賣咖啡飲品的烘焙坊。

小六那年，外公第一次帶舒芙蕾到「童話屋」時，正逢午後生意清淡，閒來無事的老闆，不但推薦外公和她品嚐剛出爐的舒芙蕾，並且告訴他們，這款起源於中世紀的法式經典蛋奶酥，是糕餅界公認最難做的甜點，除手工繁複講究外，更因為這是一款「分秒必爭」的甜品，輕軟蓬鬆的外型，出爐二十分鐘左右就會塌陷，所以最好是現點現做現吃；而舒芙蕾的法文名 Soufflé，原也就是「膨脹、充氣」之意。

雖然，舒芙蕾並不特別喜歡甜食，但那個春日午後，在「童話屋」品嚐舒芙蕾的初體驗，卻使她深深愛上了這如雲朵般、入口即化的鬆柔口感！而和外公分別拿著小銀匙，劃開舒芙蕾，兩人相視而笑，又同時把這綿細輕甜的糕點放進嘴裡的那種愉悅，更使她湧生無比的幸福感。

於是，從小六到國一下，她便常和外公在週末或不上課的下午，到「童話屋」揀一個靠窗位置坐下來，共度這只屬於他們兩人的親密時光。

陽光充足明亮的窗外，總開滿天真頑皮的野雛菊，外公喜歡點一杯黑糖薑汁奶或五行玄米茶，舒芙蕾則偏愛焦糖瑪琪朵或玫瑰蜜香拿鐵，然後祖孫倆便就著各自喜愛的飲料，一邊細品舒芙蕾，一邊有一句沒一句地閒聊起來——聊舒芙蕾在學校裡一些高興而幼稚的事，聊她討厭的數學，聊隔壁班那個她偷偷喜歡、在棒球隊裡擔任右外野手的男生，聊合唱團巡迴南部七縣市公演的趣事，還聊家裡那兩隻矯捷伶俐、被外公誇許為「家教良好」的貓咪，當然，也常聊爸爸、媽媽和才剛進幼稚園的弟弟……。

聒絮不休的娓娓喋喋中，外公總微笑傾聽，卻很少開口或聊他自己，是在很偶然的一次談話裡，舒芙蕾才知道，原來外公年輕時曾是馬拉松選手。

那段日子，在外公愛寵下，她真的幸福地嚐遍了「童話屋」裡各式美麗的甜品——花生舒芙蕾、芋泥舒芙蕾、草莓舒芙蕾，還有岩漿巧克力舒芙蕾，等等。

不過，外公和她都最喜歡、也最常一起分享的則是檸檬細雪舒芙蕾，以及，糕體表面以細糖粉灑出一顆愛心形狀的香草舒芙蕾。

懷著近乎歌頌的心情，舒芙蕾常想——怎麼可能不把這美麗甜點，和外公的愛，以及幸福感，予以連鎖呢？於是，她確實愛極了外公為她所取這優雅的暱稱，並且每回在校刊上投稿，用的筆名就是——舒芙蕾。

然而國一暑假，外公不小心在浴室跌倒，導致髖骨裂傷、住院開刀後，「童話屋」的舒芙蕾時光便寫上休止符了。

好不容易，當漫長辛苦的復健治療結束、終於可以返家休養時，很不幸的，由於中風和血尿，已逾七十高齡的外公，竟又再度開始纏綿病榻。雖然，家人始終仔細照料，媽還特別請了一位菲傭，全天候貼身看顧，但外公健康狀況卻如江河日下，最後連醫生也搖頭了。

在那段黯淡低迷的日子裡，舒芙蕾曾特別到「童話屋」，買了剛出爐的檸檬細雪回家，希望透過他們曾無比深愛的甜點，能喚起外公遙遠的快樂記憶。然而，困難地在床上撐起半個身子，外公只抿嘴勉強吃了一小匙，便表示毫無胃口了。剩下的檸檬細雪，端出臥室後，看著那扁塌垂陷的糕體，一股沈痛堵住喉頭，舒芙蕾是和著眼淚，傷心吞嚥下去的。

外公生命最後那半年，已衰弱得完全無法下床走路，他的雙腿因長期缺乏運動，竟萎縮退化得有如兩枝柴棒，細瘦乾枯，毫無生命力，看了令人心驚！但舒芙蕾夢裡，卻總出現外公雙腿結實有力的特寫，不論去買舒芙蕾，還是打球、騎車、跑馬拉松，甚至溜直排輪，都格外顯得英挺健壯，充滿活力，從不曾以枯槁臥病的面貌出現——

「為什麼外公在夢裡總一副運動健將的樣子呢？」

曾經，舒芙蕾這樣問媽媽。

媽媽的回答是：

「因為妳懷念和外公在一起的日子，又總希望外公健康，所以無拘無束的夢裡，自然就以大量快樂的想像，來彌補現實的遺憾了！」

在××高中擔任國文老師的媽媽，還特別以胡適在〈夢與詩〉這首詩的前四句——

都是平常經驗，

都是平常影象，
偶然湧到夢中來，
變幻出多少新奇花樣！

告訴舒芙蕾──夢，永遠是最狂野的荒謬劇場，最大膽自由的潛意識舞臺；然而夢中種種，畢竟，我們也常能在現實裡找到合理的解釋與線索，所以所謂荒謬，其實倒也並不那麼難於理解。

舒芙蕾說，她曾在夢裡問過外公：

「現在過得好不好？」

但外公只一逕微笑，什麼都沒說。那種薄淚潤濕眼睫的夢境，舒芙蕾說，是她生命中永遠停格的畫面！

但媽媽告訴舒芙蕾，活著的人，是永遠無法、也不必去問已故的人「過得好不好」的，因為他們的世界，遠比我們所能想像的來得遙遠、廣大且虛無──

「所以，還是繼續做外公溜直排輪，和從『童話屋』拎著舒芙蕾走出來的夢吧！」

然後，媽媽摟住舒芙蕾，微帶哽咽地說：

「在夢裡，能奔馳著外公活力十足、微笑健康的身影，那便是我們懷念他最好的方式！」

如果我有一枝魔幻之筆（二帖）

1. 為何如此殘酷地懲罰你父母？

那是一個令人傷心欲絕的早晨。

當太陽昇起之時，那母親的心卻永遠沈入黑暗的谷底！

高二女孩留下的粉紅 Kitty 貓香水便條紙上，筆跡非常清麗工整：

「要找我嗎？請到窗口往下看……」

柔聲呼喚女兒起床上學的母親，從十數層高樓鼓起勇氣往下搜尋，舉目四望，不見心愛的孩子，卻只發現一具血肉模糊的屍體！

粉紅夢幻的便條留言最後，十六歲女孩還周全體貼地留下一個手不抖、筆不搖的ps：

「喪事費用就用我郵局存款裡的錢……」

可愛的 Kitty 貓，圓瞪著雙眼，一貫天真無辜的表情。浮漾玫瑰花香的便條紙，不曾留下任何線索，卻只留下無數難解的謎團；而在那幾近瘋狂的母親心底，則留下了一個，啊，永不結疤的傷口！

媒體的報導，親友的慰問，遺物的整理，靈骨塔小小骨灰盒前年年垂淚燒香、黯然自責……之後，那輾轉於痛苦中，永不得翻身的父母呵，心碎茫然、空洞哀戚的眼神，何其令人不忍！

究竟，這以極端暴力自我對待的傷心故事、荒謬悲劇、血腥選擇的意義是什麼？

而思索著為人父母之艱難，在闔上一個，不，好些個青少年以激烈方式自我毀滅的事件報導後，無言以對之餘，卻是多麼想輕聲問一問這些縱身一躍、萬事皆休的孩子：

為什麼要如此殘酷地懲罰你們的父母親呢？

2. 如果我有一枝魔幻之筆

那是一個笑容燦爛、清麗可愛的女孩——苗栗縣大湖分局卓蘭分駐所二十四歲女警。

但我在報上看到那燦笑姿影時，卻已是她的遺照。是由於感情和經濟雙重壓力，據說，二十四歲、畢業於逢甲大學會計系、曾協助兩位輕生婦人打消自殺念頭的女警，卻在面對自己人生難題時，選擇了放棄。警察節那天，她獨自坐車前往偏遠的汽車旅館燒炭身亡。遺書只有簡短幾個字：「對不起，但我真的不想活！」

那樣斬釘截鐵、萬念俱灰的絕望啊，毫無轉圜餘地，連我看了都不免黯然痛苦且傷心！

究竟，是怎樣錯綜糾葛、難以鬆脫的死結，窒息了一個年輕生命所有熱情，與她對人世的愛戀？

而當絕望的暗流凶猛吞噬，千鈞一髮的瞬間，如果有可供攀附的生之浮木，適時漂至，這自我終結的悲劇，是否便不致發生呢？

我想起不久前所買一枚貼紙，翠綠底色上，雙子葉植物圖案，簡潔悅目，破土而出的新芽下方有一行細字：

I am too young to be disappointed!

如果甜美青春女警，在生命最低潮、苦澀之際，曾遇見如棒喝般這句話——溫暖的叮嚀、誠摯的建言、青春無敵的宣告、生命中最關鍵的一塊浮木——提醒她，我還如此年輕，人生還有很多機會，實在無需失望，那個警察節的故事，是否會不一樣？

我們其實經常需要別人的溫暖與智慧，來解生命之大惑，來透視盲點、穿越障礙、走出孤獨黑暗的死胡同的。

而如果我有一枝魔幻之筆，能改寫這青春夭折、芳華早逝的故事的話，那麼，我想描繪一個奮力突破重圍的女孩形象，從淚光中綻放微笑，在黎明的窗前，勇敢面對那未竟的馬拉松跑程，並在心愛的札記本上如是寫道：

「很艱苦，但我決定——

活下去！」

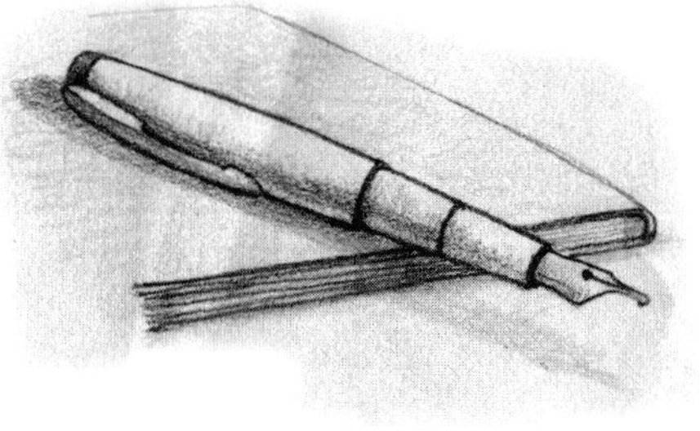

卷　二

這個下午不無聊

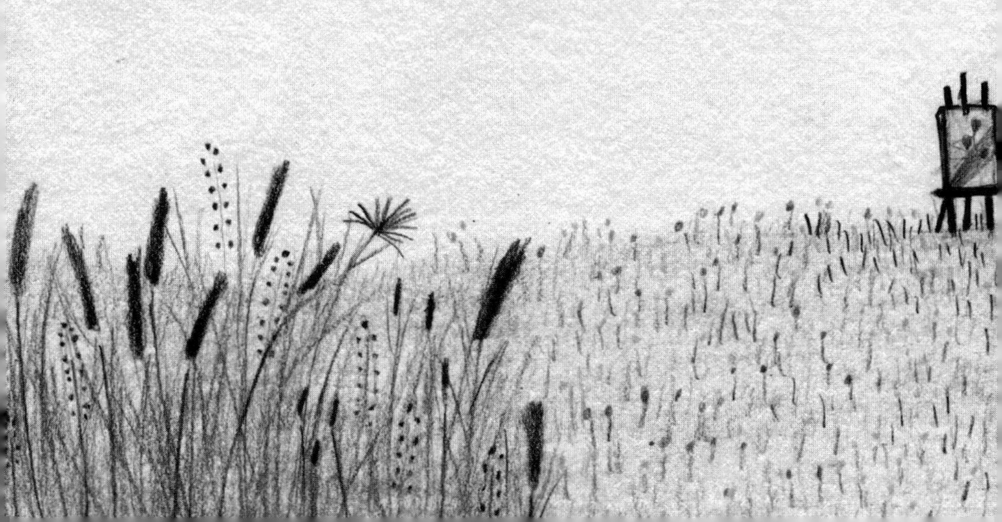

眼珠的顏色

國二美術課時，有一次，老師問班上同學：

「你們的眼珠是什麼顏色？」

同學都認為這實在是一個很「智障」的問題。

「根本不用想就知道是黑色嘛！」

立即有人輕率回答。

但老師卻神祕地笑說：

「真那麼肯定嗎？如果你們去照鏡子，也許會發現不一樣哦！」

雖並不認同老師的說法，但大家卻立刻把放在書包、抽屜、口袋裡的鏡子掏出來，很有模有樣地自我端詳一番或扮鬼臉。

貝果也拿出一面有彼得兔標誌的小圓鏡，向鏡裡那熟悉的、有著幾顆青春痘的臉孔打招呼。

當仔細注視到瞳孔部分時，意外地，她發現自己一向以為是黑色的眼珠，竟然是深棕色的！

這時，忽然也有人「啊！」的一聲喊出來，接著像發現新大陸似地嚷著：

「我的眼珠一個是黑色，一個是咖啡色的吔！」

男生中立刻有人起鬨大叫：

「完了！怪物！……」

惹得全班都笑了。

老師說，他之所以問大家這個問題，靈感來自最近他從書上讀到的一個小故事——

一位中年男子向朋友宣稱非常了解自己的太太，但當朋友問他，太太眼珠是什麼顏色時，這位丈夫卻當場愣住，答不出來。

美術老師說這則故事令他頗有感觸，是因為一般人都只是用眼，而不是用心看外在世界，於是對很多事都視而不見。

因此，他希望大家能學習用心去觀察、感受周遭世界，敏銳一點，細膩一點，才不至於錯失事物的細節，和最菁華的部分！

那堂課最後，美術老師並且要大家在筆記本上，寫下雕刻家羅丹的一句話：

這世界並不缺少美，而是缺少發現！

當時貝果並不很懂。

進大學之後，她才了解，老師啟發了他們，人生是一場「發現之旅」的道理。

而羅丹的那句話，對一個認真生活的人而言，貝果想，不只應該寫在筆記本上，更應該永遠銘記在心啊！

向小露珠看齊

星期一週會課時，學校請來演講的那位女作家，提到了《泰戈爾詩集》中的一段文字——

荷葉上的露珠對荷葉下的湖水說：
「我是荷葉上的小露珠，
你是荷葉下的大露珠！」

作家說，這真是天下最可愛、最有自尊的小露珠了！
因為即使面對廣漠遼闊、比自己大上億兆倍的湖水，它也毫不自卑畏縮！
小露珠覺得自己雖是一顆露珠，但湖水也是一顆露珠，只不過湖水是比較大的露珠罷了！

大露珠固然有大露珠的氣勢，但小露珠也有小露珠的尊嚴啊！

作家說，小露珠的這種精神，便是一種自我肯定的精神；小露珠看待自己和世界萬物的心，便是平等心。

因此她勉勵他們，要看重自己，好好成長，相信自己的價值，也充分發揮自己的價值！……

那天晚上，仙貝在書桌前寫功課，偶然想到作家白天那場演講，不禁發起呆來。

她覺得小露珠那麼渺小，卻有那麼不可思議的自信，真令人讚歎！

仙貝想到自己個子瘦削，從小就沈默寡言、害羞膽怯，更由於在班上成績不理想，自認是遜咖，和那些「閃亮A咖」根本沒得比！因此總喜歡悄悄躲在人群裡，不願成為被注意的焦點，因為覺得自己「沒資格」！

但小露珠的故事讓她覺得，人的尊嚴、價值、「資格」，好像不是這樣決定的。

何謂遜咖和A咖？

這世界，真有所謂遜咖、A咖的區別？

她應該這麼畏縮害羞，否定自己嗎？

如果能像小露珠那樣，坦然怡然，自得自在且自信，該有多好？……

想了許久之後，忽然，仙貝從抽屜拿出新買的、封面有幸運草和瓢蟲圖案的筆記本，掀開空白第一頁，畫了一片湖水，幾棵樹，五六朵荷花，十來張荷葉。

荷葉上有一顆圓滾飽滿、閃閃發光、好像在微笑的露珠。

天空的部分則有白雲在休息，有鳥在飛，還有金盤子似的大太陽在沈思……。

發現自己畫得還不錯之後，仙貝覺得應該為這幅畫取個名字。

咬住筆桿想了很久，終於，彷彿和自己達成某種協定似的，提起筆來，她在白雲旁寫下——

向小露珠看齊！

六個字。

不想當聖人——納豆與工藝老師之一

國二那年的社團活動，納豆參加了工藝社。

工藝老師是一位喜歡穿帽T、converse 星箭球鞋，和水藍色牛仔褲的年輕男老師。

他常告訴他們，要在生活裡做一個創意人。

「創意人——」

工藝老師說：

「就是懂得用心、用腦去創造一些有價值的事情，讓自己活得很精彩、有趣的人。」

為了讓大家更清楚地了解，工藝老師特別舉了大家常使用的「便利貼」為例作說明。

工藝老師說，便利貼的發明者，是兩位塑膠化學公司的工程師。其中一位工程師，在構思、研發膠水產品過程中，因為發現自己製作的膠水，黏度已高達百分之百，不可能更黏了，於是他採取反方向思考法，自問若把膠水黏度降低，會有什麼結果？

而把膠水黏度減為原來三分之一後，他的同事，也就是另一位工程師，又把這低濃度膠水塗在紙片背面，結果發現，這樣的紙片，既能貼附在任何平面上，又可以輕易揭除，很適合當便條或標籤使用，於是，世界上第一張自黏式便條紙，也就是便利貼就誕生了！

由於方便、用途廣泛，這新產品短短幾年內便風行全球，成為一般人日常生活中不可或缺的小東西。

工藝老師說，便利貼發明者就是典型的創意人。

「所以人生在世──」

工藝老師建議他們：

「不一定要當偉大的聖人，但不妨期許自己成為一個創意人，做一些有意義、有創造性又好玩的事，讓自己的生活豐富有趣，同時也造福他人，這才是真正具建設性和有價值的人生！」

納豆覺得工藝老師的建議很有道理。

現在，納豆桌上總放著一本便利貼，每次用起來都很愉快，感覺超有 fu。

因為這常讓他想起那兩位造福世人的工程師，很棒很精彩的創意人。

而這輩子他也真的不想當聖人。

如果能當一個像便利貼發明者那樣的創意人——納豆忍不住微笑起來——

嗯，人生，一定也超有意思的！

這個下午不無聊！——納豆與工藝老師之二

那天，工藝老師提到自黏式便條紙後，忽然岔開話題，說他最近看到一位男歌星出了張專輯叫「這個下午很無聊！」。

工藝老師說，會覺得日子無聊的人，一定自己本身就很無聊，也一定不是創意人。

因為創意人就是點子人，腦海裡總有源源不絕的創意和點子，可以創造快樂和充實，怎麼會無聊呢？

「除非天生犯賤——」

說到這裡，大家都笑起來。

「否則吃飽飯沒事幹，覺得無聊的時候，老師會建議他到醫院、貧民窟，或癌症病房走一走，保證他立刻就會發現，自己說這種話實在是人在福中不知福，並且也太浪費人生了！」

工藝老師說拿破崙的字典沒有「難」字，他希望大家的字典裡沒有「無聊」兩個字。

「多多發揮創意，日子就不會無聊了！」

接著，工藝老師告訴大家，創意是可以培養的，他並且提出三個自我訓練的方法，希望同學平時在日常生活中多加運用——

第一個方法是「多角度思考」，也就是不要死腦筋，認為事情只有一個答案，一種可能。

「人生會這麼單調、乏味嗎？」工藝老師問大家。

「所以，我建議同學不妨活潑一點，任何事都多方面、多角度思考一番。像那兩位工程師，不就是因為靈活思考事情的可能性，才發明了便利貼的嗎？」

至於第二個方法，工藝老師說，是「加法」。

在大家的困惑中，工藝老師趕快解釋，他不是在「教數學」，而是提醒大家，「如果把不同的事物組合在一起，常會產生令人意想不到的驚喜結果。」

比方說，像輪子加椅子便成了輪椅；手錶加鬧鐘，就成了鬧鈴式手錶；燈泡加筆，就成了筆式手電筒；原味優酪乳加草莓果粒，就成了色澤粉紅、充滿果香的草莓優酪乳；還有，鳳梨酥加鹹蛋黃，哈，就成了更好吃的鳳凰酥了，等等。然後，老師補充，也正因為「加法」概念的運用，原始、陽春的便利貼，現在還更發展出造型便利貼、螢光便利貼、磁鐵便利貼……等更方便有趣的產品呢！

接著，工藝老師又舉了最近成為家喻戶曉人物的「哈佛小子」林書豪說：

「像這股林書豪旋風在美國社會興起的造字遊戲，例如『林來瘋』Linsanity、『林可能』Linpossible……基本上也可說是加法原則的運用喔！」

由於林書豪是大家心目中偶像，一時之間，原本有點沈悶的教室氣氛，就像點了火一樣，立刻 high 翻了，大家你一言我一語，害得工藝老師不得不請同學安靜下來，並且提高嗓門說：

「如果充分運用『加法』精神——就像這拿林書豪的 Lin，加上原本就有的單字，去自娛娛人的造字遊戲一樣，生活一定可以充滿很多新鮮有趣變化的！至於第三個方法嘛——」

講到這裡，忽然工藝老師停下來問大家：

「各位同學，加法反方向思考一下，是什麼法？」

對於這麼簡單的問題，全班同學都覺得「好像其中必有詐」、「不太可能吧！」，反而有點不太確定地小聲回答：

「減法？」

結果，工藝老師露出一點都不詐的表情說：

「沒錯，第三個方法就是減法！比方說，像便利貼是把膠水黏度減少、甜甜圈是把傳統油炸甜餅中央挖掉一塊圓形麵糰、小人國是把所有人物按比例縮小的構想，還有，像很受養生人士歡迎的低糖豆漿、薄鹽味噌啦，等等，基本上也都可說是『減法』觀念運用的結果。」

所以，如果思考活潑多元一點，多挖掘事情的可能性，多利用加法、減法原則，自己去變化，工藝老師的結論是：

「你會發現，人生真的非常豐富且有趣！」

把工藝老師的話記在心裡，那天，納豆覺得自己還蠻有收穫的。

不久後，新年來臨，爸爸給納豆一本××公司印製的新年度記事本。

淺橘色皮面的記事本真的很漂亮，但封面下方「××公司敬贈」的字樣，和那個公司的標誌，看起來卻很驢！

新年第一個週末下午，睡足了午覺，把英文作業寫完，忽然想起工藝老師說的三個創意原則，於是，納豆從一本運動畫刊上，剪下一張自己很喜歡、大小又正合適的彩色圖片，貼在記事本上，把那「很驢」的部分遮起來——

嘩！整個記事本看起來完全不一樣了！

欣賞著自己運用「加法」原則完成的結果，充滿成就感之餘，納豆覺得這個下午真的——

一點也不無聊！

我愛松尾芭蕉（二帖）

1. 非筆墨所能形容的國文老師

進國中時，第一次作文課，國文老師便說，他喜歡寫得很活潑的作文——

「你們可以自由寫，盡量發揮！老師沒有任何限制。但唯一禁止的是，文章裡不可以出現『非筆墨所能形容』這句話。」

同學們私底下都議論紛紛起來。

優格也覺得奇怪。

因為國小時代，每回作文寫到很快樂、很悲傷、很有趣、很倒楣，或是很kuso的情節時，她只要搬出「非筆墨所能形容」這句話，就萬事OK了！這麼方便現成的詞彙，為什麼老師要限制大家使用呢？

彷彿看穿優格心事似的，老師微笑起來，向大家解釋，「非筆墨所能形容」這句話，用起來似乎很方便，但其實很懶惰；通常一般人使用這句話時，其實，往往是文章最可以、也最應該加以發揮的時候——

「如果就拿這麼一句話，隨便搪塞、敷衍過去，不是很可惜嗎？」

然後，老師請全班同學稍微思考一下：

「如果用點心，好好想一想，其實，非筆墨所能形容的事，不但絕對可以用筆墨形容，而且還很需要你去加以形容的。」

老師並且告訴他們，這就是作文ＥＱ。他覺得大家都很聰明，ＩＱ很高，但ＥＱ好像比較遜，所以他要用這個方式把大家的ＥＱ引出，甚至逼出來。

優格不知道自己的ＥＱ被逼出來沒有？

但她一直很感謝國文老師。

因為她覺得，國文老師不只教他們作文的方法，更教導了他們一種做事的精神與態度。

那便是認真、用心、積極，不走捷徑，或取巧偷懶。

進入高中後，每當人家問優格，國中生涯最懷念的老師是誰時，她總會半開玩笑地說——

「那還用說？當然是『非筆墨所能形容的國文老師』啦！」

2. 我愛松尾芭蕉

由於喜歡日本動漫和時代劇，並且志在研究日本文化，高三那年，優格推甄上了×大日文系。

大三上學期選課時，基於好奇，同時也希望能對日本傳統文化有更多了解，優格特別選修了「日本古典文學」。

從奈良時代的詩歌，到平安、鐮倉時代的日記、隨筆、浮世草紙等——這些文學入門的課程，為優格開啟了一扇探索東洋美學的窗子。而在講到江戶時代俳句時，中日文俱佳的日籍老師杉田，還更特別以「俳聖」松尾芭蕉的作品來做說明。

俳句是日本的小詩，玲瓏精緻、婉約可愛，雖只有三句十七音，卻情韻悠長，耐人尋味，所以優格才一接觸，就愛上了這饒富禪意的掌上詩。

那天，當杉田老師談到松尾芭蕉代表作之一〈松島〉時，彷彿被閃電擊中，隔著有些遙遠的時光距離，優格竟忽想起已淡出記憶的「非筆墨所能形容的國文老師」了。

那像閃電般擊中優格的俳句〈松島〉，原文是這樣的——

まつしまや
ああまつしまや
まつしまや

翻成中文，意思便是——

松島啊
啊，松島啊
松島啊

優格記得當時在課堂上，曾有同學低聲竊笑說：

「這也算詩喔？這種詩我也會寫！……」

但思緒遙接國中校園記憶，優格卻覺得這是一首很棒的詩！並且，哇！她驚歎，怎麼有人會、並且敢這麼寫？

因為松島自古以來，就是日本有名的「三大絕景」之一。但它並不是一座島，而是像老天悠然隨興灑在海面的棋子一樣，是兩百六十多座野生著碧綠松樹的小島群，在松島灣所形成的美麗景觀。

若還原文學創作現場，優格想像——

衣袂飄飄的芭蕉，當年在松島灣白沙灘上，出神凝望浩瀚大海，渴美耽美的視線，穿梭在那些錯落有致，不，錯落無端、由群松點染的島嶼間，滿心歡喜讚歎，一時目眩神奪，不知如何是好，而終陷入一種「人不能置一辭」的「絕境」時，這彷彿喃喃自語的小詩所傳達的，便正是一種「非筆墨所能形容」的心境與感受吧！

但芭蕉不直接說「啊，松島之美啊，實在非筆墨所能形容！」

不，芭蕉才不那麼拙劣呢！

然而，絕景松島之美，如以文字從事書寫，也確實都是無能的，即使大文豪芭蕉亦然！

那麼，怎麼辦呢？

為反擊這無能，或說，為忠實表述且呈現，人在面對大自然時的無能，與悲欣交集的錯綜心緒，於是，芭蕉索性放棄人為一切修辭，明心見性，甘脆就停格、定格這「無能」！

因此，短短三句十七音中，芭蕉乃不假修飾，不做隱藏，而直接把自己面對這人間絕景，深感詞窮、無言以對，只能不斷癡狂喃喃「松島啊，松島啊……」的「絕境」，原樣、如實、大膽、赤裸裸地，予以具現！

優格記得大二輔修中文系課程時，老師曾說，文學創作方式一般而言有兩種，一是「述說」（tell），一是「呈現」（show）。

芭蕉很顯然不是tell，而是採取 show 的策略，show 出了當年他眺望松島海景的感受寫真，同時，也在那極簡風格的個人獨白中，告訴了我們——松島之美「非筆墨所能形容」的事實。

關於松島，芭蕉什麼都沒說，但也說盡一切！

而在「沒說」與「說盡」之間，禪意瀰瀰、以不說為述說的芭蕉，為所有讀者，拉開了一個活潑、自由、遼闊、無窮大，與無限可能的想像空間。

這不以言語道斷，但卻寫活、也寫絕了一切可能性的俳句一出，啊——眼前有景道不得，芭蕉題詩在上頭！——後世，還有什麼寫松島的詩，能超越這傳世「絕句」呢？

難怪被尊為「俳聖」啊！

優格忍不住充滿了讚歎。

原來，真正非筆墨所能形容的狀態，不是不存在的，只是，看人如何以高妙手法去呈現罷了。

而在懵懂稚嫩的國中時代，這恍如雲端的高妙境界，豈是當年未經世事的他們所能理解？所以，「非筆墨所能形容的國文老師」要求他們，腳踏實地，不許偷懶，把地基打好，未來才可能攀升境界的天梯，不但是對的，也實在是用心良苦啊！

因為這樣的領悟與發現，優格覺得，那真是一個充滿收穫的下午！除再度懷念起「非筆墨所能形容的國文老師」外，她也忽然湧生了一個新念頭。

下課後，和男朋友摩卡去活動中心吃晚餐時，走在椰林大道上，優格對他說：

「如果要從日本文化中選一個主題來研究的話，我覺得俳句好像是一個不錯的領域耶！」

摩卡點了點頭，沒有表示意見，優格又逕自說：

「如果將來進研究所的話，說不定我會做『松尾芭蕉俳句研究』喔！」

和優格是班對的摩卡，這回倒是停下腳步，有些吃驚地問了：

「為什麼？」

「別那麼大驚小怪好不好？」

優格微微抗議著，然後挽起摩卡的臂，繼續開心地向前走，不正面回答，卻只故作神祕地說：

「因為，我愛松尾芭蕉呀！」

#「圓滾滾」必殺祕技

從小學時代開始，同學便叫他「圓滾滾」。

他不喜歡這綽號。

但因為全身肉乎乎的，臉圓，眼睛圓，嘴巴又常嘟著，確實給人圓不溜丟的印象，所以到了國中，大家還是這麼叫他。

據說圓滾滾生活中最大的樂趣，都來自食物。

每天晚上從補習班回家，他放下書包第一件事，便是直奔廚房打開冰箱，把當晚的剩菜、自己愛吃的零嘴，甚至媽媽預先買好的第二天的早點……全搬出來，常一口氣吃個精光。宵夜仍照吃不誤，而且分量一點也不減少。

有一陣子，媽媽看他體重直線上升，勸他省掉宵夜前這一頓，他不聽；媽媽一氣之下，就把冰箱裡所有熟食、零嘴都撤掉！

沒想到圓滾滾便拿雞湯塊、沙茶醬、蠔油、韓國泡菜等，加開水自己做濃湯，搭配媽媽煮義大利麵的莫札里拉起司，大快朵頤。

有一回，把媽媽新買的巧克力醬一下子就吃掉半罐。

還有好幾回，更把媽媽做菜用的雞肉放進微波爐裡；自己弄熱了拌上一整瓶XO干貝小魚辣醬吃。害媽媽隔天做菜時嚇一跳：

「明明六塊雞胸肉的，怎麼只剩下一塊？」

等弄清楚怎麼回事後，媽媽便一直擔心，萬一沒把肉煮熟，吃下一堆細菌怎麼辦？

那陣子正好香港爆發禽鳥流行性感冒，住在金門的外婆還很緊張地特別打電話來叮嚀圓滾滾：

「以後不可以自己再用微波爐熱雞肉了！聽到沒？你沒看報上說，預防禽流感，最重要的是雞肉一定要徹底煮熟才能吃？不然，真的很危險噢！……」

老實說，圓滾滾心裡一直很煩。

吃，帶給他很大的樂趣；但他所有的煩惱也由吃而來！

食物，是他最好的朋友；但也是害他最慘的敵人！

為了擺脫圓滾滾的綽號，他曾經根據郵購雜誌、第四臺和網路上各式各樣廣告，請媽媽買減肥巧克力、瘦身餅乾、高效燃脂茶、抑制食慾芳香片、飛步機，和標榜「宇宙無敵」的窈窕代餐等，媽媽都買了，他也都吃了喝了（但飛步機很少用），結果不但無效，反而好像更圓滾滾了。國一下，有一次他量體重，發現紅色指針頑固地停在98.5的位置不動，氣得差點當場把磅秤給摔了。

那天，當同學開玩笑，說他將來有希望申請「全球噸位最高」的金氏世界紀錄時，他非常生氣，整個人像「起肖」般，瘋狂撲向同學後，兩人就扭在地上打了起來。

事後導師找他談話，當圓滾滾說到他極力想擺脫那難聽綽號時，忽然傷心地哭了！

看來非常喜感的圓滾滾，有這樣沈重的煩惱，導師說她很能理解。但她告訴圓滾滾，她有神奇五招，只要持續去做，保證比減肥巧克力、瘦身餅乾有效！

老師給圓滾滾的神奇五招是：

第一，放學後，先留在學校運動半小時，比方說慢跑啦、跳繩啦，或和同學打球也很好，等運動完之後再到離學校不遠的補習班上課——

「禮拜六和禮拜天也不可以偷懶哦！」

老師微笑著鼓勵：

「簡單來說，就是天天至少運動半小時，包括多爬樓梯、多走路都算。只要你開始這麼做，就會發現，運動這事其實不但沒那麼難，而且還會樂在其中呢！」

第二，老師說，要多接觸營養資訊，吸收營養常識，知道什麼是高熱量、什麼是低熱量食物；然後，少碰高熱量食物，尤其小心脂肪！

第三呢，老師忽然露出一種很了解的表情告訴圓滾滾，「人性本饞」，如果嘴巴實在閒得慌，非吃不可——

「那就挑選海苔、麥片、烤蕃薯、低卡水果之類既營養好吃又熱量低的食物當點心，聰明地吃吧！」

然後，第四招，老師強調，要把注意力集中在別的事情上，不要全放在食物上，要學習從食物以外的事情中，發現生活的樂趣。

最後，第五，也是最厲害的一招，老師說，要常告訴自己——我要做一個快樂、健康的人！

「經常這樣正面自我暗示——」

老師向圓滾滾保證：

「真的超有效哦！」

傳授了這據說是「必殺祕技」的神奇五招後，老師還向圓滾滾透露了一個大祕密。

原來，老師以前學生時代，比圓滾滾還更圓滾滾呢！但是利用這神奇五招，改變生活方式和飲食習慣後，她不但已經向自己圓滾滾的過去說再見，而且現在喜歡運動的她，真的比以前快樂。

「老師知道你也一定可以做到的！」

熱誠堅定地看著圓滾滾的眼睛，老師再次鼓勵：

「要對自己有信心！好嗎？」

那天，圓滾滾笑著離開導師辦公室。

晚上，他夢見老師送給他一個漂亮的、指針顏色是檸檬綠的磅秤。

當腳底踩在磅秤冰涼金屬板上時，他發現，檸檬綠指針竟頑固地停在他的標準體重59的位置！

揉揉眼睛再看——哇！真的還是59耶！

而且指針的檸檬綠，還閃出美麗的螢光，好像在向他眨眼睛呢！

他忍不住高興地把磅秤緊抱在胸前跳了起來……

到B星球旅遊，擁抱幸福！

雖然，還蠻喜歡古道熱腸的好好先生——英文老師的，可是，不久前，飯糰一夥幾個人，卻替英文老師取了一個有點戲謔的綽號——「又來了！」

為什麼叫「又來了」呢？

飯糰解釋，因為英文老師常感歎：「這年頭，小孩都不愛閱讀了！……」而為了鼓勵他們這些「不愛閱讀的小孩」當「書香人類」，英文老師總一天到晚有事沒事勸他們要親近、擁抱書。

「我也知道老師是為我們好啦！可是每次只要他一說『哎，這年頭小孩都……』，我們就會在心底唸，拜託，又來了！所以，那不像綽號的綽號就是這麼來的。」

上禮拜，期中考完第二天，當老師「又來了」時，飯糰有備而來地忽然亮出一本童話，興奮得意地說：

「老師，不是我們不愛閱讀哦！你看，現在有人幫我們講話了——」

原來，那是飯糰讀小四的弟弟向圖書館借的一本故事書，書前有一首趣詩叫「一個孩子與書先生的對話」，所謂「有人幫我們講話」，指的就是這首詩。

在全班同學拍桌子、打板凳一片叫好聲中，基於好奇，也基於一種民主精神——那是「又來了」向來的作風——於是「又來了」請飯糰把這首「幫他們講話」的詩，唸給大家聽一下。

這首詩的大意是這樣的：

親愛的書先生，您好！
我是個不愛讀書的孩子（這是大人們說的）。
但我有話要說。
如果有一種書，內容
比電玩、電視、漫畫還
精采生動，

豐富刺激，
愉快過癮，
那我一定會
關掉電玩，
遠離電視，
拋開漫畫，
我一定會
深深愛上你，書先生！
所以我並不是不愛讀書，
而是我的書
似乎都不夠好看！
……

飯糰朗誦完畢，全班，甚至「又來了」，都鼓起掌來。

但當掌聲止息下來後，班上每個同學卻都「不懷好意」地盯著「又來了」，

看他會如何「接招」、「表態」？

沒想到臉上還帶著笑容的「又來了」只氣定神閒地說，當然，如果他們是這樣的原因不愛閱讀，那還情有可原啦，但這世上「好看」的書很多，他們只是沒有遇見而已，如果真心想找「好看」的書，「又來了」建議：

「就該多到書店走走、逛逛、看看，像旅遊一樣。」

去書店怎麼會像旅遊呢？

一時之間，教室裡又沸沸揚揚起來，像一鍋綠豆湯煮開了花。

飯糰臉上尤其露出「真的？假的？有沒有搞錯？」的表情。但「又來了」卻很堅定地繼續表態：

「旅遊不一定要出國，或去風景區啊！去書店，說穿了，就是去書的世界旅遊，一樣很好玩的！如果，養成常到書店去旅遊的習慣，老師以人格保證——絕對會是你們這些小孩愛上書，並且找到好書的第一步。」

但「又來了」卻也提醒他們，一定要弄清楚，什麼叫「好書」？並且，不減古道熱腸本色地繼續強調，進入國中後，在閱讀上，他們不但要追求「好看」，還更應追求「成長」。

「這道理很簡單嘛！就像你們平常在飲食上，不但要追求『好吃』，還要追求『營養』一樣。如果『好看』，又能帶給我們『成長營養』的書，當然就是理想的好書啦！只是，『好看』和『營養』也要有時間吸收，所以，很抱歉——」

講到這裡，「又來了」忽然停頓了一下，然後說，他要直搗同學的「罩門」了。

那也就是說，他要針對他們這些小孩和電玩、漫畫……的關係發言了：

「請同學不要誤會，老師不是要當你們的反對黨，而是希望你們，有時，或者經常，要學會向電視、電玩、網路、漫畫說『No』！並且，就像『每日一粒克補』一樣，每天都花點時間去親近、擁抱書——當然，寒暑假可以擁抱久一點啦——擁抱完，再想一下自己的收穫是什麼？甚至，手癢的話，還可以寫私房心得和札記，能做到這樣，不是蓋的，你就是了不起——是真的了不起——的書香人類了！不知各位同學……」

看臺下沒有反應，於是「又來了」再次發揮民主精神問大家：

「老師說的這些，對各位同學來說很難嗎？」

「難！……」

全班同學都異口同聲回答，飯糰尤其把「難——」的尾音拉得特長。但「又來了」不為所動地看了飯糰一眼，仍一逕發表他的「親近・擁抱論」：

「老師記得，美國小說家馬克吐溫曾經說過：『有好朋友、好書，沒有良心上的責備，這就是幸福人生！』各位同學，你們看，人生的幸福、充實和快樂，這麼簡單！只要到書裡去尋找，就可以發現，所以，週末假日，到書店旅遊吧！老師再一次以人格保證，那絕對是有趣又有意義的一個休閒活動。……」

雖然並不那麼認同「又來了」的說法，但因實在有感於他的苦口婆心，以及，那令人難以抗拒的古道熱腸，清明節連續假期時，陰雨連綿，無法從事戶外活動，飯糰一夥人便相約到知名的「×品書店」去「旅遊」了。

由於從來不曾如此專程到書店拜訪過，飯糰他們只覺得自己好像外星人，忽然來到了一個陌生的小星球。

但這琳瑯滿目的小星球，卻超乎想像地豐富有趣，逛著逛著，居然，每個人竟都找到了自己感興趣的書，一時之間，還真覺得蠻幸福的。

於是，愛取綽號的他們，為這琳瑯滿目之地命名「B星球」。

當小四弟弟拜託飯糰下回一定也要帶他去，並且不斷纏著他這哥哥追問，為什麼書店叫「B星球」時，飯糰神氣地回答：

「你腦殘啊？這都想不通？B，就是Book啊！」

把英文課上亮出來的那本童話還給弟弟時，好吧！飯糰心想，就算回報這傢伙慷慨借書之舉吧！

他決定，下回，也帶弟弟一起到「B星球」旅遊，一起去擁抱書，擁抱——幸福。

附錄

在鹹蛋超人背包裡，放一本書！

親愛的孩子，讓我們登上一只美麗七彩的熱氣球，在柔軟潔白的雲端遨遊。
讓我們乘坐一張奇幻有趣的大魔毯，在晴朗燦爛的星空穿梭。
然後，想像微風吹動頭髮、拍打衣領、輕撫雙頰，舒暢自由、海闊天空的那種樂趣吧！
「哇噢！好棒的感覺噢！」
——我彷彿聽見你這樣歡呼起來，臉上也綻放開心的微笑了。
其實，親愛的孩子，書，就是美麗七彩的熱氣球，就是奇幻有趣的大魔毯。
打開一本豐富而有價值的書，請相信我，我們就打開了一個神奇王國或趣味王國。
我們就開始在幸福的雲端遨遊、智慧的星空穿梭。

我們就和一個安靜、忠實、可愛的朋友，展開了親密的紙上交談。

據說，有一次，一個背著鹹蛋超人背包的小男孩，從高雄搭乘高鐵去臺北。

一路上，小男孩一會兒玩電動玩具，一會兒望著窗外發呆，一會兒又打呵欠問爸媽：

「好無聊喔！臺北到底到了沒有啊？……」

沒有在鹹蛋超人背包裡放一本書的男孩，一定覺得漫長的旅途很難打發吧！

如果有一本精彩的書作伴，引領他到一個遼闊有趣的世界去遛躂，高雄到臺北，里程迢迢，是不是就不會那麼乏味了呢？

書香小孩是永遠不會覺得無聊的！

因為他永遠有書這樣的熱氣球、大魔毯、好朋友，為他帶來樂趣和充實。

是的，樂趣和充實！

看見你臉上歡喜、了解的笑容，親愛的孩子，我知道：

你一定是愛書的小聰明！

你的名字就叫做——

嗯，書香小孩。

書香小孩是幸福小孩！

那麼，不論是鹹蛋超人、小叮噹、維尼熊、加菲貓、Hello Kitty，還是米菲兔……背包，讓我們在這些可愛的背包裡放一本書。

讓我們在每天的生活裡，都放進一點讀書的時間，以及——

一顆愛書的心吧！

註：這篇文章是為國小小朋友而寫。

誰最愛現？

禮拜天中午，在「人道主義素食坊」為外婆慶生時，姨丈問昆布每天刷幾次牙？

昆布說：「一次！」

姨丈立刻搖頭說：「不夠！」

姨丈是牙科醫生，對口腔衛生非常重視。他曾經跟昆布說過，如果真的寶貝自己的牙齒，那麼每天除早晚要各刷一次牙之外，三餐飯後也應想辦法潔牙，必要時還得使用牙線。

昆布吐了吐舌頭說：「好麻煩喔！」

媽媽立刻瞪了昆布一眼：「聽姨丈的話！」

昆布覺得有點倒楣地不吭聲了，氣氛忽然變得似乎嚴肅起來時，姨丈對昆布說：

「沒關係，慢慢來！第一步呢，是你明天上學，先帶一把牙刷去學校……」

話還沒說完，昆布才三歲的妹妹甜筒便從一旁插嘴進來說：

「哥哥每天都有帶牙刷去學校！」

「那很好呀！」姨丈露出讚許的表情。

可是昆布卻不好意思起來：

「那是帶去給老師——給健康教育老師檢查用的啦！」

姨丈忍住笑說：

「給老師檢查和你刷牙不衝突啊！沒關係，你明天還是帶牙刷去學校，中午吃完飯就到水槽前去刷牙！聽姨丈的話好不好？」

向來和姨丈投緣的昆布點了點頭。

臨分手前，姨丈又不忘叮嚀了一句：

「牙刷帶到學校要用！別忘了你答應姨丈了喔！」……

可是，這個週末，昆布全家到阿姨家包餃子，當姨丈問昆布有沒有實踐他的承諾時，昆布先是臉紅起來，繼則有點著急地解釋：

「我星期一、星期二都有照姨丈的話刷牙，可是班上同學都說我愛現！全班只有我一個人這樣，我就刷不下去了！……」

姨丈先是楞了一下，繼則露出一種了解的表情問昆布：

「你覺得你在學校刷牙，有沒有做錯事？」

昆布搖搖頭。

姨丈又問：

「那麼你刷牙有沒有礙著誰？」

昆布搖搖頭笑起來。

姨丈說：

「這就對了！你又沒做錯事、又沒礙著人，這事對你健康又有幫助，那就不必在乎別人說什麼了！昆布，姨丈告訴你——」

姨丈拍了拍昆布的肩說：

「有時候我們真的不要太在意別人的眼光，只要你捫心自問所做的事是對的、

健康的、有意義的、對成長有幫助、既不犯法，又沒有傷害性，對別人也不會造成任何不便，就不要把別人的批評放在心上，不然，有很多事你都會覺得綁手綁腳沒辦法做呢！……」

那天在阿姨家包的兩種水餃——韭菜香菇粉絲素肉餡、豆干蛋皮木耳雪裡紅餡——都很美味，昆布吃得心滿意足之餘，又覺得姨丈開導他的那番話很有道理，回想起來，真覺得那是一個開心愉快的下午。

不過，開心的水餃聚會第二天，姨丈就到日本去參加一個國際學術研討會了。等他從日本回來，已是十天後的事。

當姨丈把他從京都銀閣寺所買平安御守送給昆布時，昆布告訴姨丈，他現在「幾乎三餐飯後都有刷牙了」。

姨丈半開玩笑問昆布：

「那中午在學校刷牙，還有人說你愛現嗎？」

昆布把下巴抬了抬，嘴角撇了一下，一副很酷的樣子說：

「哼，誰最愛現？那些人最無聊了，我才不管他們呢！」

姨丈也說：

「對呀！管他誰最愛現！只要你是班上最愛刷牙的人就好了！」

說得所有人——包括似懂非懂的甜筒——都笑了！

薄荷糖女孩

禮拜天下午，表哥到麵線家作客，正是麵線心情跌到谷底的時候。

表哥在新竹服碩士預官役，平常很忙，這回是利用兩天休假時間來看他們的。

和爸媽聊天告一段落後，表哥到麵線房間問他最近怎麼樣？

麵線沒精打采地回答說：「不好！」

表哥問為什麼？

麵線說，昨天下午他去××音樂城買CD，付帳出來時，店門口的感應器忽然嗶嗶響起來了，害他在眾目睽睽下被請到後面辦公室作檢查；最後才發現原來是店裡感應器故障！雖然誤會澄清，音樂城經理也送了一張「少女時代」最新專輯〈The Boys〉CD表示歉意，可是他心裡還是很難過！沒想到晚上去補英文時，向姊姊借的那輛腳踏車，居然被偷了！姊姊氣得要他加倍賠償！這事還沒擺平呢，今天早上正在睡覺，就被媽媽罵起來。原來昨天洗澡時，忘了把長褲口袋裡的公車月票和一千元掏出來，等洗衣機把衣服洗好、媽媽拿出來晾曬時，才發現月票已經變形，千元紙鈔也爛成慘不忍睹的碎片！那可是他這個月零用錢的全部啊！……

「這麼多倒楣事一起發生——」

麵線悶悶不樂問表哥：

「怎麼會好？」

表哥也非常同情地表示：

「的確亂倒楣的！」

但表哥說，人生有時候就是很倒楣。重點不在於我們是否真的很倒楣，而在碰到倒楣事情時，如何面對它？

表哥說他一直對電視上一個宣傳薄荷糖的廣告印象深刻，因為這廣告無意間提出了人在倒楣時，該怎麼處理的問題。

表哥的話讓麵線的思維飄遠，想起了那個廣告的內容：

一個女孩在公園散步，發現路邊一個曬太陽的帥氣男孩，正目不轉睛地欣賞自己，不免微露得意之色。可是就在這要命的時刻，她的一隻高跟鞋跟斷了，走起路來一腳高一腳低，真是糗大了！女孩臉上出現尷尬、沮喪、懊惱的表情，但她只讓這表情停留了兩三秒，便微笑著，拿起另一隻完好的鞋子，把鞋跟掰斷，讓兩隻高跟鞋都變成平底鞋，然後，繼續在那個目瞪口呆，但仍以欣賞、甚至是更欣賞眼光注視她的男孩面前，神采飛揚地走過！

表哥說，這個女孩處理倒楣的手法很漂亮，態度很健康，她沒有陷在情緒的泥淖裡，卻很果決地跳了出來！

如果現實生活中真有這種薄荷糖女孩，表哥說，他一定會追她，因為他也很欣賞！

說得麵線忍不住笑了。

所以，表哥提醒麵線，碰到倒楣不順的時候，就告訴自己，這是人生常態，沒什麼大不了的！先把心情穩住，讓自己從沮喪低潮中跳出來——

表哥說：

「因為陷在情緒泥淖裡，對事情並沒有任何幫助！」

「然後，輕鬆一點，幽默一點，處變不驚，把事情解決，你就從這次的倒楣畢業了！」

最後表哥安慰麵線，音樂城的烏龍事件，不妨想成是犧牲小我，完成大我，讓他們發現感應器定時維修檢查的必要，也算是功德一樁。至於腳踏車失竊、公車月票和零用錢泡湯，就當作是一種人生學習，得到一次經驗吧！只要以後更謹慎，不再發生相同的事，丟掉的腳踏車、月票和一千元，都是值回代價的學費！

「可是這學費好貴喲！」

麵線說，但心情已好多了。

那天晚上寫週記時，麵線把這段曲折寫下來，並且定了一個標題：

薄荷糖女孩。

幾天後發週記，導師說他寫得很好，還在班上朗誦一番。

摸了摸口袋中媽媽給他買的新月票，想到這個月必須過一種省吃儉用的生活時，輕輕歎了口氣，麵線覺得自己真的從幾天來的低潮中，領到一張畢業證書了。

冷冬雨晨，來一杯甜蜜熱可可！

升上高中以後，不知為什麼，布丁說，她常常心情很不好。

高一寒假時，一個心情惡劣的早晨，她搭公車到補習班補數學。

路口那座天橋上，不知什麼團體正舉辦簽名活動。一位工讀生走過來，請布丁「停留半分鐘」聽他講解。布丁沒好氣地回答：

「今天我心情不好，不想聽！」

男孩諒解地微笑著，交給她一張傳單，請她「參考一下」。

布丁仍然硬梆梆地回答：

「今天我心情不好，不想拿！」

把工讀男孩撇下的同時，布丁說，她好想向天橋下人群大喊：

「今天我心情不好，你們都別惹我！……」

然而，讓男孩碰了一個大釘子，又在心底這樣胡亂吶喊一陣後——

「我發現心情還是不好，而且，反而好像更不好了！……」

那晚，布丁在敘述這事時，正啜飲一杯熱可可的阿姨忽然半開玩笑地說：

「還不簡單！心情不好的時候，就去喝一杯熱可可嘛！」

布丁阿姨家裡有各種可可粉，她是熱可可的擁護者。

兩年前當她因一場可怕的車禍導致脊椎受損，必須終生仰賴輪椅度日時，曾經歷了一段非常黯淡低潮的日子。

「那才真叫心情不好哩！」阿姨說。

牢獄似的醫院整整待了一個月後，曾經，在一個灰濛濛的冬天早晨，窗外下著雨，陰冷、潮溼、疼痛，以及了無生趣的枯索之感，約好了似的聯袂來襲！

正懷疑自己是否還有勇氣支撐下去時，值班護士忽推門進來，遞給她一杯加了蜂蜜的熱可可。

看著裊娜的白煙自杯緣悠然飄起，不忍辜負護士一片好意，阿姨把杯子湊近唇邊，勉強啜了一口。

「哎，從來不知道熱可可竟然可以這麼香！這麼具誘惑性！」阿姨回憶。

當一股甜美舒適的暖流，自舌尖緩緩浸淌而下，熨貼了她的心！她忍不住開始以冰冷雙掌，緊捧住那小暖爐似的馬克杯，忽然覺得——劫後餘生，在這樣一個寒冷、蒼白、整個大地失盡顏彩的冬天早晨，有人像天使一樣，為她送來一杯甜蜜芳香的熱可可，讓整顆心回暖起來，實在是人生一大幸福！

護士後來告訴她，可可粉和蜂蜜都是她剛收到的生日禮物，是男友體貼她經常值班的辛勞，特別挑選了有機品牌送她的。由於阿姨的單人病房緊鄰護理站，在醫院待了那麼久，和護士也熟了，於是，在那個值得感謝的早晨，她意外地享受了一杯改變心情的熱可可。

「所以心情不好的時候——」

阿姨總這麼說：

「就喝一杯甜蜜噴香的熱可可嘛！」

這是一個終生必須仰賴輪椅的劫後餘生者，對別人的忠告。

她的意思，不是歌頌熱可可的神奇；而是鼓勵人，心情不好的時候，要去找一些能改變心境、激發生命熱情的事物來，親近它們，享受它們，從中重新感受、發掘生命的美好！

坐在輪椅上的阿姨，是那場車禍的唯一生還者！

如今她在一個公益團體當志工，並且經常演講宣揚她的「甜蜜熱可可哲學」，整個人活得精彩熱鬧！

她已經走過了生命低潮，感謝自己能幸運快樂地活著，可以經常享受她最愛的——甜蜜熱可可！

其實，每個人都有屬於他的「甜蜜熱可可」的。

只是每個人的「甜蜜熱可可」不同。

——找出生命中的「甜蜜熱可可」！

那是我們聰明、溫暖且健康地愛自己的方法之一。

雖然我不能預知明天

他是一位口足畫家。

國中畢業後，為負擔家計，沒有繼續升學。

十五歲那年，他從臺東鄉下遠赴高雄工作，在工廠操作機器，不慎誤觸高壓電，當場昏迷。

等清醒過來時，身在醫院，他發現自己已失去雙臂、右腿與右眼！

悲情憤慨地狂叫一聲後，不願接受這殘酷絕望的事實，他再度昏厥。

瘦小的母親像照顧初生嬰兒一樣，二十四小時看護、守候著他。

從一口一口餵他吃飯，到親手替他換尿布、清理排泄物、幫他做各種復健……，母親強抑傷痛、竭力搶救什麼的舉動，讓他在她身上，看見一種絕不放棄的頑固與堅持！

如果就此自暴自棄——他想，將多麼對不起眼前這愛他這麼深的人！

老天可以殘酷地傷他，給他苦難；但他不可以無情地傷母親的心，為母親製造苦難！

他必須好好活著！

不只因為母親，更因為他還年輕！

他才只有十五歲！沒有理由讓自己活得像五十歲！

於是在心底深處看不見的一個角落，噙著眼淚，他非常委屈地接受了這實在難以接受的命運！

初回家療養那段期間，曾經，最令他痛苦的是，看見妹妹寫功課的原子筆就在眼前，明明那麼輕、那麼近，對他而言卻重如千鈞，遙不可及，因為他再也沒有手可以拿起它！

挫折感深深啃蝕著他的時候，一天中午，母親餵他吃稀飯，他稍稍用力，竟咬住了湯匙！

母親笑他怎麼餓得連湯匙也要吞下去時，一個念頭閃電一樣擊中他！

他發現自己雖然沒有手，右眼也失明了，但他的牙齒這麼堅強有力！他的嘴巴如此靈活自如！如果能想辦法充分加以利用，他興奮地想，那麼他的人生，是否也還不至於如此絕望無奈？

於是匆匆吃完午餐，他迫不及待以嘴啣住筆，在紙上隨意遊走起來。

那真是生命中一個非常關鍵性的下午！

他終於為自己殘缺的生命打開一扇明亮的窗戶，讓新鮮的陽光、空氣源源不絕湧進來！

因為他竟然開始，且終於能夠，碰觸這輩子以為再也無法親近的筆。但不同於以往、也不同於別人的是，這回，他不是用雙手，而是依靠嘴脣與牙齒！

首先，他嘗試克服筆咬在嘴裡還不是控制得很穩的弱點，逐漸摸索臉部肌肉和筆之間的互動關係，不斷揣摩、練習，直至兩頰僵硬、嘴角疼痛，終於寫出可以讓人辨認的字與簡單的構圖為止。

接著，他開始到市公所開辦的社區繪畫班學畫，天天以口含筆在紙上創作。長久下來，他的脣、齒、筆、殘餘的左眼，與充滿創意的心，都發展出完美的默契與協調，甚至，和那些以正常雙手創作的繪畫者在一起，他的作品竟也毫不遜色！

作為一個身殘而心不殘的畫家，從此，他不曾再放下口中的筆；而二十餘年繪事生涯後，他的作品已多次得獎並入選全國油畫大展。

但他決定讓自己活得更好，上帝所欠缺於他、從他這裡奪走的，他決定自己彌補回來！

就這樣，他重拾荒疏已久的課本，逐漸完成高中、大學學業，並且當選了十大傑出青年。

在生命最艱難的那段日子裡，有好幾次，他因無法拉動拉鍊，又不願麻煩別人，竟憋出血尿。但後來他以鐵絲、鉤子自製了一種靈巧的滑動拉鍊的工具，此後便再也不必假手他人。而為了能獨立自主，他也學會了操作電動輪椅車，四處來去自如，無需再仰賴他人接送——

「總之，一定要活得尊嚴、充實、積極且熱情！」

他說，這便是他的信念，也是他不斷努力的生命目標。

曾經，到一所國中演講，當同學問他靠什麼克服生理與心理障礙時，面對那群和他當年出事年齡相彷彿的男孩，他微笑起來，爽朗地送給他們底下這段話：

你不能左右天氣，但你可以改變心情。
你不能更換容貌，但你可以展現笑容。
你不能預知明天，但你可以利用今天。
你不能樣樣勝利，但你可以事事盡力。

看著這位沒有雙手、右腿與右眼的畫家，就在他們眼前活成一幅壯麗的風景，並且開心地為他們簽名時，這些四肢健全的男孩，有一位哭了。

但畫家只說：

「如果我有手，一定會拍拍你肩膀的！真的，不要為我哭，要為我笑，雖然我不能預知明天，但我知道，我的人生絕不是——悲劇！」

卷　三

與玉山有約

如果在北極或撒哈拉沙漠

認識一個愛車的高二男孩培根。

據說培根三歲就會騎腳踏車了。

小學時代總把騎自行車當休閒。

但培根媽媽規定——

不可以騎太快！

不可以和同學玩飛車遊戲！

不可以騎到車流量大的馬路幹道上！

而且，一定要「功課做完，家裡也沒人用腳踏車了」，才可以出去騎。

對於這「三不二要」原則，培根最不滿意的就是「不能騎太快」的規定。

但他那位很酷的媽媽總這樣說：

「如果你在北極或撒哈拉沙漠騎多快我都不管！問題是，今天你在臺灣，在人這麼多的地方，如果目中無人，飛車狂奔騎很快，會有什麼後果？你自己想想看，行嗎？……」

培根自己想想看，好像還真有點不行！

於是，在說不過媽媽的情況下，他只好聳肩扮鬼臉，勉強表示接受。

如今，據說，培根又開始對另一種車——機車——產生興趣。

他媽媽又立刻提出「新三不二要」原則：

要到達法定騎機車年齡才可以騎！

要有駕照才可以騎！

而且將來騎車時，不可以飆車！

不可以拿掉滅音器！

不可以不戴安全帽！

由於媽媽實在「太強」——培根表示——他真的說不過媽媽，所以當媽媽又搬出她招牌的「北極．撒哈拉沙漠理論」時，愛車男孩培根最終還是只能對媽媽聳肩扮鬼臉，再次勉強表示接受。……

酷媽媽對培根的要求，常使我想起曾有人這樣說：

「只要你講理，有什麼不可以！」

「三不二要」原則，其實便是這個意思。

所以看來，酷媽媽其實就是講理媽媽。

愛車男孩培根，也應是講理男孩吧！

至於我們這個社會，希望也是——

一個可愛的講理社會！

我的糗事

在一場「我的糗事」趣味演講競賽裡，曾聽到一個的確很糗很糗的故事。

述說這個故事的，是一位看起來有點皮又不會太皮的國一男生蛋塔。

蛋塔說，國小四年級春假時，他曾和幾個朋友到同學家去玩。同學爸媽不在，他們幾個人一時興起，就把所有鬼怪靈異的限制級ＤＶＤ全找出來，坐在客廳裡大看特看！

當時人多不覺得怎樣，甚至還感到非常過癮！但事後想想就覺得很驚悚，尤其晚上睡覺時，一個人躺在床上，中外各種殭屍既噁心又恐怖的影像揮之不去，愈想愈害怕——

「結果就失眠了！……」

講到這裡，底下所有人都笑起來。

接著，蛋塔繼續說，當他真的冒出一身冷汗，再也受不了時，就「很沒出息地」偷偷摸進隔壁妹妹房間，鑽到書桌下，打算第二天清晨，趁妹妹還沒起床前，再神不知鬼不覺溜回自己房裡。卻萬萬沒想到，黑暗中看不清楚，一不小心竟把妹妹養的鬥魚，連缸子帶魚掃到地下，靜夜中發出巨響，妹妹尖叫起來，全家人也都被吵醒了！

當燈光大亮，爸媽和妹妹看見他穿著內褲（蛋塔特別解釋，他睡覺只穿內褲），就站在妹妹房間中央時——

「真的是糗斃了！」

結果，他不但費盡唇舌解釋半天，還替妹妹擦地板，清理魚缸碎玻璃渣；事後更賠了她一個新魚缸，和兩條泰國五彩鬥魚，才把這事「給擺平」，前後花了不少零用錢，直到今天想起來還很心疼！現在他媽媽嚴格禁止他和妹妹看限制級恐怖片，他也不敢再看了！……

那天，蛋塔便以「笑果十足」得到「我的糗事」趣味演講比賽第一名，獎金一千元。

在掌聲和笑聲中，我不禁想起曾有人說過這麼一句話：

「理性的限制，其實是一種善意的保護！」

在我們身心都還無法承受某些事物的衝擊時，限制，的確，是一種必要的保護。

——如果不限制三歲小孩吃麻辣火鍋，你能想像會有什麼可怕的後果嗎？

有趣的是，演講結束後，那天，我還聽見蛋塔的妹妹向他要求分一半獎金——

「因為沒有我，你也不會得第一名嘛！」她說。

至於蛋塔最後是否給了妹妹一半獎金？

這我就不知道了。

小超人之怒

他的綽號是「小超人」。

因為短小精悍，體力過人，同學都覺得這綽號很適合他。

小超人是班上的「打工之王」，國中畢業那年暑假，就已在他家巷口魷魚羹麵攤打工了！後來還曾到義美當月餅包裝員、去 NET 摺衣服、在珍珠奶茶店搖泡沫紅茶……。

由於小超人幹勁十足，一張臉又總是笑嘻嘻的，不論在哪裡打工，老闆都很滿意，小超人也很有成就感。

但在××堂書店打工那回，小超人說，卻是他打工史上最丟臉的一次！

小超人常說，他的八字可能和××堂書店犯沖，因為第一天上工就在搬運物品時，被紙張割傷了手——

「想不到普普通通一張紙，居然和刀片一樣利！」小超人常這樣感歎。

後來耶誕卡上市，店裡明顯忙碌起來，小超人每天都得負責清點卡片數量，保持檯面整齊。

「——那不是很輕鬆嗎？」

每當有同學如此接腔，小超人總回上一句：

「才怪！你去做就知道！」

小超人說，這看似簡單的工作，其實非常吃重！清點卡片數量還好，但保持檯面整齊，卻是天底下最累人的事，恐怕連真的超人來了都沒辦法！

因為幾百種卡片平擺開來，如果顧客挑選某種樣式覺得不喜歡，把它放回原來紙盒就沒事。但偏偏許多顧客——尤其學生——從紙盒拿起卡片，一看不滿意，就隨手亂放，搞得檯面亂七八糟，常常這邊才整理好，那邊又亂掉了！

而耶誕節前那個禮拜天，小超人說，店裡生意特別好！當他正忙得人仰馬翻時，忽然發現一個小學生東翻西攪，只看不買，把卡片搞得一塌胡塗，活脫脫就是破壞王現身！

小超人說他和顏悅色懇求小學生，卡片看完請放回紙盒，不要亂擺亂扔，懇求了兩次，但破壞王根本不甩人！後來因為實在太過分，小超人無意間冒了一句：

「抵迪，你再這樣，人家會說你沒教養喔！」

沒想到一個穿夾克的中年男人忽然轉過身來，劈頭就問：

「你說我小孩沒教養？ㄚˊ——？……」

小超人說他正想擺出招牌笑容解釋並道歉，沒想到中年男子忽然猛推了他一下，竟開罵起來：

「你說我小孩沒教養，你有教養，是不是？那你有教養，怎麼會跑到這裡來賣卡片？ㄚˊ——？……」

雖明知對方不講理，且根本邏輯不通——賣卡片和有無教養有什麼關係呢？——但小超人說，男人動手推他，這種肢體侵犯實在令他很生氣，儘管他及時發揮最大修養，按捺住心中憤怒，但已引起一陣騷動。

最後，是店長出面調停，把他們請到辦公室，由小超人向中年男子深度鞠躬道歉，那對父子才悻悻然離去！

由於非常愧疚給店裡帶來困擾，也很懊惱自己「打工之王」一世英名毀於一旦，那個月做完，小超人就主動請辭了。

小超人說他打工多年，最大的感觸，第一，就是「錢難賺」！第二，就是「大多數人都只為自己想，很少為別人想」，小超人並且以那次「破壞王事件」中的中年男子為例說：

「就算不把我們這些苦命工讀生看在眼裡，至少也替其他無辜顧客設想一下嘛！……」

小超人說他記得有位作家曾說過一句話——愛到最高點，心中有別人！如果有一天他當了行政院長，一定要在我們這個社會發起一個「心中有別人」的運動！

問一向笑嘻嘻的小超人，那次破壞王事件，他還生氣嗎？

「不生氣了！只是有點傷心罷了！」

小超人回答。

看著小超人少有的正經表情，我想，他真的是被破壞王、破壞王爸爸，簡言之，被我們這個不怎麼尊重別人的社會傷到了！

捍衛戰士一號

開學第一天，麻糬放學回家正準備上網，在××中學讀高二的哥哥，一進門把書包一扔，就哀聲歎氣大嚷，他們班上的好日子已經過完了！

正在廚房切西瓜的爸爸問為什麼？

哥哥一屁股坐進沙發，頹喪地說：

「這學期我們班換了新導師，亂凶悍一把的！才第一天上課就跟我們約法三章，定了好多嚴刑峻法！還說他最恨作弊！如果有誰膽敢挑戰他這個禁忌，那，小考記小過，大考記大過，二話不說，絕不留情！……一堂課下來，我們班銳氣都被他殺得差不多了！」

爸爸聽了很滿意地表示：

「這種老師才好啊！」

「可是作弊抓到就記過?!」

哥有點不服氣：

「連小考也記？嚴得實在有夠變態吔！」

「嚴才好啊！」

爸還是那句話，哥忍不住做出一種受不了的表情。

這時，爸遞給哥一片西瓜，忽然有點風馬牛不相及地對哥說：

「我問你，如果有病毒跑進人體，不把它殺死會怎樣？」

「會生病！」

哥說，猛咬了一口西瓜，聽起來聲音水水的。

「就是嘛！」

爸顯然很高興終於和哥取得共識。然後爸解釋為什麼他要提不相干的病毒？因為作弊的心態就是一種病毒！

爸說，一定要殺死它，不然任它蔓延開來，變本加厲，本來好端端一個人，就會走上欺騙、僥倖、不誠實、投機取巧的歪路！

「你希望這樣子嗎？」爸問。

哥順手把啃得紅肉一點不剩的西瓜皮拋進垃圾桶，不說話了，爸隨即接腔：

「所以你們老師才那麼鐵板，一點都不通融呀！」

然後，爸繼續分析給哥聽——

如果考試要靠作弊，那麼考試有什麼意義？讀書有什麼意義？再說學生時代就愛作弊，養成習慣，將來豈不更變本加厲？

「你們不是一天到晚都在罵那些營私舞弊的官員嗎？」

爸問：

「可是自己作弊怎麼就不說了呢？雙重標準哦！」

哥有點不好意思地笑了一下，站起來到廚房又拿了片西瓜。

讀國中的麻糬一直在旁邊聽著，沒加入談話，但這時卻想起什麼似的，忽然插進來問哥：

「如果你們老師不嚴，你會不會作弊？」

還沒開口，爸就替哥回答了：

「放心！你哥很聰明！不會養病毒害自己啦！」

「可是如果全班作弊，你不作弊就零分，別人都滿分的話，怎麼辦？」

麻糬問：

「這不是很不公平嗎？」

在麻糬的想法裡，這種「身不由己」的情況，應該是可以「破例」的，不然不是太虧了嗎？

但爸卻不以為然地告訴他：

「就因為不公平，所以我們才不要加入這種不公平、助長這種不公平！拿滿分又怎樣？你也知道那是假的！可是人格卻得了零分，還讓病毒攻破防線開始蔓延，那才虧大呢！當然，如果真有這種事情——」

看麻糬和哥都沈默不語，爸拍拍他們的肩，語氣和緩了下來：

「真的很難啦！誰都會掙扎，可是不對的事就是不對，不能用任何藉口把它合理化！更何況做人眼光要看遠一點，這樣的一百分不值得我們出賣自己！所以聰明的人，一定會選擇當一個捍衛戰士，絕不讓病毒上身的！……」

那場談話，最後，是在他們笑稱哥的導師一定是「捍衛戰士一號」的情況下結束的。

那天晚上，臨睡前，麻糬到哥房裡又再問了一次，如果全班作弊，他會不會加入？

哥瞪了他一眼說：

「你很煩耶！」

自討沒趣地離開時，麻糬也覺得自己好像有點無聊。但走到房門口，背後卻忽然傳來哥的聲音：

「這還用問？當然是當捍衛戰士比較好呀！傻瓜！……」

黑暗中，麻糬忍不住笑了。

老人・男孩・四把蔥

那是一個憨厚的男孩。

同學都說他長得有點像李奧納多・狄卡皮歐。

男孩第一次這樣跟媽媽說的時候，他媽媽瞪大了眼睛問：

「這李奧什麼，又狄卡什麼的，是幹嘛的？名字還真難唸！」

男孩忍不住好笑地解釋：

「拜託！媽！人家李奧納多・狄卡皮歐是電影《鐵達尼號》的男主角吔！」

「哦——原來是那個帥哥啊！」

男孩媽媽才恍然大悟。

老實說，看過李奧納多幾部電影，我覺得男孩和這位好萊塢影星，相似度頂多五成；而男孩真正令我印象深刻的，也不是他的俊秀神采，卻是他的體貼情

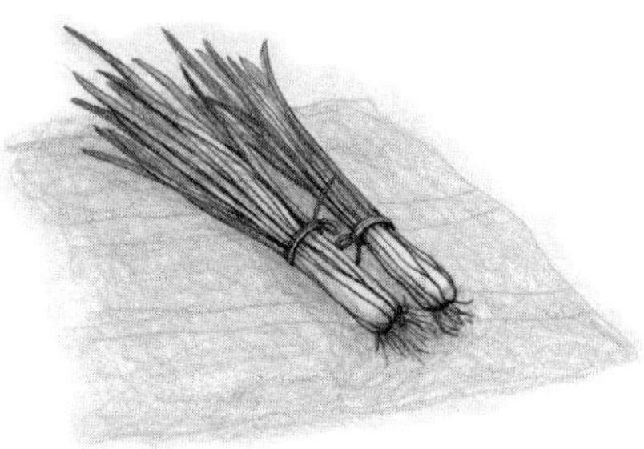

懷。

記得某一個週日早晨，我到男孩家作客。近午時分，男孩母親要他到菜場買水果。

「順便帶點蔥回家！」

臨出門前，他媽媽又補了一句。

我主動要求陪男孩同往，一方面想領略他家附近的市場風光，另方面則想活動一下坐了一上午的筋骨。

熙攘喧鬧的傳統市場裡，一片擁擠潮溼。順利買了兩斤燕巢芭樂、十來個梨山蘋果以及一串旗山香蕉後，男孩和我瞥見水果攤旁角落裡，蹲坐著一位頭髮花白的瘦老頭。

老人腳前平鋪一塊麵粉袋大小的舊塑膠布，上面只擺了四把沾帶泥屑的蔥束。

男孩付錢買了其中兩把後，忽然遲疑起來。

「怎麼了？」我問。

「不是啦！」

男孩微帶靦腆地說：

「因為他只剩兩把就賣完了，而且人那麼老了還在這裡賣菜，很可憐！所以我想，如果我四把都買，他是不是就可以早點回家了？……」

短暫的躊躇後，男孩終於買下剩餘的兩把蔥。

就在男孩臉上露出愉悅笑容，心想老人就可以收攤回家時，沒想到瘦老頭卻說了：

「喂！少年仔！你還要嘸？我這裡還有很多！……」

說著站起來，從身後一只麻布袋裡又掏出幾把綑得紮實的青蔥。

那只麻布袋看來鼓脹厚實，裡面少說也有好幾十把尚未賣出去的蔥束！顯然，老人還得在這市場角落蹲坐好一陣子呢！……

回家的路上，男孩沈默不語，看得出頗為失望！

因為他最終還是沒幫上老人的忙，老人一時之間還不能回家；他盡力了，但狀況卻並未改善，因此他感到挫折！

但男孩的作為多麼有意義！

於是，我告訴男孩，這世界的苦難雖非我們個人力量所能拯救，但當我們企圖改善，便總有一些不同的什麼發生；每一顆善心，都是珍貴的火種，集合起來，光熱驚人！雖然，在他幫助老人之後，這頭髮花白的長者仍須蹲坐市場賣菜；但一口氣被買走四把蔥的好運道，對老人而言，也許正是這生意黯淡的早晨，最大的驚喜與快樂！給別人快樂，便是功德！四把蔥的確不算什麼，但四把蔥背後那令人低徊的善心美意，何其珍貴？他實在應該給予自己正面的評價！

……

「四把蔥事件」後，又看了幾部李奧納多電影，我還是覺得男孩與這好萊塢影星不甚相像，只是他們都有著清澈的眼神，與一張娃娃臉罷了。

但這其實並不重要。

重要的是，男孩臉上那明朗燦爛的笑容，笑容底下那溫暖乾淨的一顆愛心，讓我真正看見了這世界的一些——

希望。

愛我們這座島

聖誕節前，歐蕾到學校附近文具店買卡片。

結帳時，店員送她一張雅緻的書籤。

書籤正面印著一枚醒目的淡綠色指紋，指紋旁有「綠手印約定」幾個字；背面，則印著「國家公園永久義工守則」。

坐社區巴士回家途中，在車上把玩那張書籤，歐蕾發現「國家公園永久義工守則」的內容，其實很簡單，只有三條，前兩條讀起來，甚至有點像幼稚園郊遊時，老師對小朋友的叮嚀，忍不住便在心底默唸起來——

> 愛心篇：珍惜陽光、空氣、花、水和泥土，視一蟲、一魚、一鳥、一獸如我類，不攀、不折、不火、不鬧。

小心篇：多存善念多小心，勿惹黑熊、虎頭蜂、青蛇、螞蟥與恙蟲。留意土石樹木之崩落！

細心篇：1.深入管制區，請先辦妥入山證。

2.隨時翻翻「國家公園法第十三條」遊園規則。

默唸完這三條都有個「心」字的守則，歐蕾終於明白，原來，那枚「綠手印約定」，其實就是不傷害自然的約定。

就是愛心、細心與小心的約定。

而所謂「永久義工」，原來，就是在臺灣的每一個人，包括你和我在內。

對呀！——看著車窗外流動的風景、行走的人群，歐蕾想——國家公園如果不靠每一個人去疼惜和照顧，要靠誰呢？生活在這個島上，我們不但是國家公園的遊客，更是國家公園的永久義工呀！

想到這裡，歐蕾忽然覺得，這是多麼光榮、神氣且義不容辭的託付！

「感謝店員送書籤給我——」

那天晚上，歐蕾在部落格上這樣寫著：

「感謝書籤，提醒我是國家公園永久義工這件事！……」

而當歐蕾想起，書籤上還建議，要隨時翻翻「國家公園法第十三條」時，側頭沈思了片刻，她忍不住有點好奇起來。

於是，寫完部落格、收完伊媚兒後，歐蕾順便上網「咕狗」了一下，很快就查到那「第十三條」內容了。雙手托著腮，老是喜歡讀廣告和文宣說明的歐蕾，當場又就著螢幕，在心底把它默唸了一次——

國家公園法第十三條

國家公園區域內禁止左列行為：

一、焚燬草木或引火整地。

二、狩獵動物或捕捉魚類。

三、汙染水質或空氣。

四、採折花木。

五、於樹木、岩石及標示牌加刻文字或圖形。

六、任意拋棄果皮、紙屑或其他汙物。

七、將車輛開進規定以外之地區。
八、其他經國家公園主管機關禁止之行為。

移動滑鼠，將游標點向電腦「關機」指示時，歐蕾想：

「如果是『永久義工』，當然就該這樣啊！只要愛我們這座島，這樣做其實一點也不難嘛，而且一定還很快樂的！」

慎重地把書籤夾進日記本後，熄燈上床，臨睡前，歐蕾從自家公寓那扇小窗，望向廣大無垠的夜空。

俯臨這星球、這島嶼、這城市、這人間千門萬戶的每一顆星，也都晶晶閃閃，深情俯看著她。雖那麼遙遠、微小、疏淡、細碎，卻又那麼清晰、真實、聖潔、親切！

凝視凝視再凝視，忽然，不知為什麼被感動起來的歐蕾，竟興奮且認真地開始這樣想了：

嗯，除了當這座島的永久義工外，讓我也來當——地球的永久義工吧！

到聯合國的路不遠

一年級下學期才開學不久，有一天，歷史老師問大家：

「一日之計在於什麼？」

同學都拖長了尾音說：「晨——」

老師說：「錯了！」

全班同學頓時你看我，我看你，隨即議論紛紛起來。

歷史老師便說：

「一日之計在於晨已經落伍了啦！現在應該是一日之計在於昨夜！」

看同學露出不解的表情，於是歷史老師解釋說：

「一日之計在於晨，是以前農業社會的作法。現在是二十一世紀工商業社會，大家生活步調、節奏都那麼快速，如果還一日之計在於晨，太慢了！要一日之計在於昨夜，也就是每晚睡覺前要先想好——第二天要做些什麼？完成什麼？把生活的優先次序列出來，第二天才比較有方向感！」

「不然——」

歷史老師忽然笑起來：

「你們每天背書包到學校，裡面裝著一個沈甸甸的便當盒。下午放學回家，還是一個相同的書包，但便當吃完了，湯匙在空盒子裡叮噹作響，像唱歌一樣！……難道，你們每天到學校，就為了吃那個便當嗎？所以——」

歷史老師提醒他們：

「一定要想想，我今天到學校，到底是來做什麼？要為自己的生活找目標！」

要為自己的生活找目標！

當時，紫蘇似懂非懂地把這話記在心裡。

進高中後，她才了解，為生活找目標，是讓生命有意義的作法。

就像她曾在一本書上看到的一句話：

「人不一定要長得漂亮，但一定要活得漂亮！」

活得漂亮，就是活得有目標。

如今，關心環保和自然生態議題的紫蘇，為自己設定的近程目標便是考上×大，中程目標是到美國留學，遠程目標則希望——將來能到聯合國環保單位（NUEP, National United Environment Programme）工作，為這個美麗、但也倍受摧殘的地球母親，療傷止痛，成為真正有作為的綠色新世代。

只要每天都盡其所能，持續努力，鎖定目標前進——紫蘇深信，到聯合國的路不遠；為地球母親療傷止痛的溫柔力量中，也必將增添她這一份的。

啊，生活充滿明確目標的感覺，真好！

紫蘇這麼覺得。

於是，每天放學回家，當一首空便當盒之歌，又在書包內響起時，紫蘇發現，那叮噹節奏，已愈來愈少是空虛之歌、糊塗之歌、懶散疲倦之歌，卻愈來愈多是——

充實之歌、精采之歌與活力充沛之歌了！

你，能夠改變世界！

「喂，到『雞窩』去吧！」

開學第一天中午，匆匆吃完便當，薄荷便迫不及待跑到隔壁班教室，催死黨瑪芬動作快一點，好趁午休前，一起到「雞窩」去看新公佈的社團一覽表。

雞窩，是她們對學校新體育館的戲稱。

暑假結束前才剛完工的這座橢圓形體育館，屋頂呈波浪狀，正門左右兩側，各有一些像樹枝般的鋼條交叉雕塑，乍看之下，總讓人覺得這建築有點眼熟。暑期課輔時，數學老師便曾開玩笑說過：

「不用懷疑！各位同學，這就是北京『鳥巢體育館』的姊妹作！」

因為真的似乎有點像，又不會太像，結果，不知是誰取的？那非常無厘頭、但感覺其實還蠻親切的「雞窩」之名，很快就在同學間傳開了。

中午的陽光炙人，薄荷和瑪芬橫越操場到「雞窩」時，竟出了一身薄汗。公佈欄前早已聚集了一批人，有的細看公告，有的則正和同學熱烈討論、比較新社團的好壞得失。薄荷和瑪芬擠入人群中，也興味盎然把「新社團一覽表」從頭到尾掃了一遍——

街舞社。魔術社。漫畫社。啦啦隊社。體適能社。攀岩社。登山攝影社。表演藝術社。電影欣賞社。口琴社。合唱團社。陶笛社。管絃樂社。禮品包裝社。串珠設計社。手工香皂社。西點烘焙社。快樂學臺語社。溫馨手語社。日本文化研究社。校刊編輯社。愛因斯坦物理科學社。演講辯論社。網頁設計社。書法社。國學社。大傳社。理財投資社。鐵道研究社。信望愛社。動保社。義工社。……

這五花八門幾十個社團，學校把它們分成了康樂、學術、生活應用，和社會服務四類——

「真的很多優！」

瑪芬興奮地說。

薄荷頗有同感地點了點頭，正在思考究竟要加入陶笛還是口琴社時，後面兩個原本低聲交談的男生，忽然一人音量高了起來：

「你少豬頭了啦！體適能社那些有氧運動會把人操死！而且帶團的指導老師是鬼頭教父ㄟ，上過他體育課的都知道他最會耍賤招了！……」

「可是真的好多好難選喔！」

那被嗆「豬頭」的人如此說，薄荷雖沒回頭，但聽口氣覺得他大概已放棄體適能社了吧！

這時，瑪芬碰了碰她手肘，開心說她已經決定了，並且保證她媽媽一定也很高興，說不定還會說這是「天下第一社」呢！

「什麼社啊？這麼神！」

薄荷既羨慕又好奇，催瑪芬宣佈答案，瑪芬有些神氣地說了：

「想也知道，理財投資社啊！」

然後瑪芬告訴薄荷，她三歲那年，在金融界工作的媽媽就為她開了銀行帳戶，把瑪芬每年壓歲錢都存進去之外，平常又一天到晚叮嚀她，現在身分是學生，所有金錢、用度、開銷，都由爸媽供應，要體諒爸媽辛勞，所以錢一定要用在刀口上，當省則省，並且還很龜毛地規定瑪芬要寫數字日記——

「就是記帳啦！」

看薄荷一頭霧水的樣子，瑪芬自動做了補充說明。

「老實說，剛開始還真覺有夠機車的！」

瑪芬噘嘴抱怨了一下，隨即 high 了起來：

「但我媽強調這是種金錢管理，養成習慣後終生受用無窮！所以，哈，如果她知道我加入理財投資社，一定會高興得給我來個愛的抱抱！」

看瑪芬那麼輕鬆就選好社團了，薄荷當下遂也不再猶豫，決定就加入口琴社。

「why?」瑪芬問。

「因為——尼采說：『沒有音樂，生活是一種錯誤』嘛！」

正經的說辭，讓瑪芬先是一楞，但當她意識到，這是今天早上兩班合上「藝術生活」時，那年輕男老師才說過的話，就覺得，哇，薄荷原來是現學現賣。

「沒有啦！——」

開玩笑達陣成功，薄荷這才說出真正的原因：

「因為以前看我爸吹口琴，都好輕鬆自在的樣子！而且口琴便於攜帶，郊遊外出隨便往背包一插就好了！ㄟ，跟妳說噢，我已經想好，學會口琴我最先要練的曲子就是『散塔蘆琪亞』和『鱒魚』！……」

順利拍板定案後，兩人正打算離開「雞窩」回教室，忽然有人叫住薄荷，薄荷回頭一看，原來是學姊，只見她手裡拿著一疊傳單走來，笑盈盈地問：

「要不要加入動保社啊？」

學姊是動保社社長，國中時代就曾跟著她爸媽在動物保護團體當義工，升上高中後，更在學校裡創辦了動保社，收容學校周邊流浪犬成為校狗，而如果不是學校允許校狗「配額」只有五隻的話——薄荷記得學姊說過——他們動保社一定會讓學校成為「熱鬧的校狗樂園」的！

但因為已經決定加入口琴社了，所以薄荷只好尷尬地笑著，一時不知該怎麼回答。

薄荷知道學姊帶動保社帶得很辛苦，因為這是學校裡爭議性最大的一個社團。尤其當初學姊提出校狗制度時，不但同學，甚至老師、家長，都有人基於

「狗可能攻擊人」、「會亂翻垃圾桶」等安全和整潔理由，極力反對；是學姊再三奔走遊說——保證會為校狗進行結紮、定期注射疫苗，並請馴狗師為每隻校狗至少上兩小時基本訓練課程——後，學校才給了動保社五隻校狗「配額」的。不過，由於狗飼料、醫療、訓練費用負擔不輕，動保社雖在學務處設有「校狗捐款箱」，但成效不彰，絕大部分社費，都還是靠動保社成員自掏腰包、向家長會募款，或校慶時舉辦義賣活動得來的。

校狗是我們的學伴，
讓××高中成為無辜棄犬的友善校園！

薄荷想起每次學姊把動保社刊送給她，總會看到這兩句話。上學期結束時，動保社獨力編撰且自費刊印的《校狗故事集》，薄薄十幾頁小冊子，封面更註明了這就是動保社創社宗旨。

「學妹妳大概不知道——」

把《校狗故事集》送給薄荷時，薄荷記得，學姊曾黯然慨歎：

「臺灣這十年來，撲殺了將近一百萬隻流浪動物，其他還不知有多少正在我們看不見的地方受苦受難呢！……」

然後學姊說，她認為動物應該有不被傷害、剝削、虐待的自由，而人，也不應是「地球上獨一無二的霸權」——

「可是我們現在只是高中生，如果真講到動物權，也實在做不出什麼，只能在學校成立動保社啦，所以，學妹，請一定多多支持喲！」

但薄荷覺得學姊其實做了很多，像去年校慶，學姊親自演出的動保行動劇，就曾吸引很多人——除本校同學外，還有家長、外校同學等——一起欣賞。而那次校慶，動保社還散發傳單，鼓吹同學不要使用進行動物實驗的商品；有趣的是，動保社還呼籲同學回家勸導自己的媽媽、姊姊，不要購買進行動物實驗的化妝品呢！

All animals have rights!

尊重地球生命夥伴，建構人與動物的和諧社會！

當時動保社所發傳單上——薄荷印象很深刻——便印著這傳達他們理念和訴求的兩句話；而那回校慶之夜，動保社還在學校大禮堂舉行電影觀摩會，放映了二〇一〇年奧斯卡最佳紀錄片「血色海灣」呢！

因為是薄荷的直屬學姊，所以每次動保社有活動，學姊總不忘通知薄荷，但薄荷卻很少參加；而最令薄荷過意不去的則是，去年十六歲生日，學姊送給她的生日禮物，是動保社上學期指定社員共讀的兩本書——《沒有魚的海洋》和《新世紀飲食》，翻開封底一看，嘩！薄荷曾倒抽一口冷氣，兩本書都售價不低吔！……

就這樣，思緒在腦海裡跑馬，還沒明確回答學姊呢！上課鐘聲卻響了，薄荷只好匆匆說了句「下學期再看看！」就拉著瑪芬的手往教室方向奔去。但才跑兩三步，她卻又忽然若有所思停下來問學姊，動保社這學期讀什麼書？

在這種時間點！拜託，連教官都出來趕人了！居然還提得出這無關緊要、有夠白目的問題，不要說學姊和瑪芬，連薄荷自己都覺得超瞎的！但學姊還是飛快回答了薄荷：

「我們打算讀珍古德《愛的十大信念》喔！」

接著，更飛快從手中傳單抽出一張遞給薄荷，然後，就在教官一陣緊似一陣的哨音催促中，逃難似地，三人分別狂奔回自己教室了。

下午第一堂是「國防通識」，陸官××期畢業的邱教官雖向來風趣，但今天這堂課，光看發下來的講義就有點無聊——

- 戰爭是政治的延續，每個時代都有獨特的戰爭型態與戰鬥理論……
- 有關金門本島的戰略地形：瓊林至古寧頭多沙質礫灘，較少礁岩……
- 美國戰斧飛彈正式編號及名稱是……

於是，薄荷偷偷攤開了學姊塞給她的傳單。

微黃的再生紙上，首先躍入眼簾的便是珍古德博士的一句話——

Every single people can make a difference every single day！

底下，則是珍古德一首小詩的中譯：

根，在地下無盡延伸，形成穩固的基礎。

芽，似乎嬌小柔弱，為追尋光破牆而出。
人類為地球製造的問題，雖是堅硬的牆，
但這世界成千上萬年輕人，卻能突破這些牆——
你，能夠改變世界！（註）

薄荷知道珍古德是黑猩猩保育人士，但對她的事蹟並不清楚，然而這首真誠樸素的小詩，卻令她無端感到觸動。

——是否？一直以來，學姊就是以根與芽自許呢？薄荷想。

教室在三樓，九月初秋涼風，不時捎來清淡的茉莉花香，薄荷把視線投向窗外，恰看見校狗——老邁失明的拉布拉多犬大介，和只剩三條腿的土狗雪糕，正大剌剌躺在草坪上，袒著光溜溜肚皮曬太陽，似早就忘記牠們曾被主人拋棄、或被殘酷傷害的過去，卻把學校當成了牠們真正幸福的家。

那麼放鬆、放開、放心、放懷、放縱的樣子！

這飄著茉莉花香的平凡校園，原來，真的終結了牠們曾經歷過的不能言說、無處申訴的痛苦啊！……

薄荷忽然覺得自己好像有點明白了。

然後，就在這視景美好的窗邊，就在柔軟舒適的茉莉微風裡，當學姊常對她說的一句話：「學妹請多支持動保社！」彷彿又在耳邊縈繞時，她忽然感到血液流動速度微微加快起來，因為——她也開始想當珍古德說的根與芽了！

草坪上，大介忽然翻了個身，懶洋洋趴在地上，繼續享受屬於牠的午後陽光，還是那麼舒服愜意的樣子。

於是，薄荷悄悄做了一個決定，並在心底這樣想著：

「學姊，我真的沒有ㄏㄨ ㄌㄨㄥ妳噢，下學期我一定會來參加動保社，到時候說不定還可以吹『散塔蘆琪亞』和『鱒魚』給校狗聽哩！」

心不在焉了大半堂課之後，終於，當薄荷微笑著收回視線，望向講臺方向時，邱教官恰好也正看著她。

怯怯然迎向那必然是責備的目光時，然而，邱教官遞給她的——薄荷有點不好意思起來——啊，好高興噢，不是責備，卻好像是了解的微笑眼神吔！

註：珍古德小詩原文如下：

Roots spread underground and make a firm foundation.

Shoots seem small and weak,but to reach the light they can break through brick walls.

Imagine the brick walls are all the problems human have inflicted on our planet.

Hundreds of thousands of young people around the world,can break through these walls.

You can change the world!

樂在成長，活出當代

成為T大新鮮人後第一個禮拜，仙草蜜走在校園裡，各社團競相招攬新社員的海報，雖眼花撩亂得讓人拿不定主意，但在同樣也是T大人的哥哥推介下，最後，仙草蜜決定加入有點挑戰性的「山地服務社」。

社團迎新結束後第二天，仙草蜜上網漫遊，在校園BBS網站，竟巧遇迎新會上認識的一個男孩，兩人都覺得好親切，立刻便交談起來。

男孩是醫學系二年級學生，當他和仙草蜜聊到未來規劃時，毫不隱瞞地對仙草蜜說：

「系上學長告訴我們，醫學系學生從大二下到R2——就是住院醫師的第二年，大概二十四、五歲吧！——一直都很忙。所以，如果在大二上沒交到男朋友或女朋友的話，就要有相親的準備了！^^……」

仙草蜜忍不住開玩笑糗他：

「哈，那你現在一定很有 time pressure 囉！XD :)」

但男孩卻說：

「不會呀！因為我是品質優良的壓力鍋啊，抗壓耐用，在感情這件事上又寧缺勿濫！……」

由於這回答出乎意料，仙草蜜一時有點卡住，但也不過停頓兩三秒，她便立即按鍵說：

「原來你不是草莓族啊！」

沒想到，電腦螢幕上，劈哩叭啦忽然一大串文字夾雜符號便顯現了：

「誰想當遇壓就爛的草莓啊？>^……不爛也一天到晚傷痕纍纍的……:S，老實說，我對於成人一天到晚說我們是挫折容忍力很低的『草莓族』就超火大！_/……」

仙草蜜見狀只好飛快按鍵回道：

「不好意思>///<，害你變成憤怒鳥了！:p」

但，也許風行全球、逗趣超夯的憤怒鳥，使人不怒反樂吧！更或許，憤怒鳥便是男孩喜歡的電玩遊戲？總之，回覆文字再出現時，明顯看出竟戲劇性地大幅降火了：

「當憤怒鳥比當草莓好太多了！^_^ 因為憤怒鳥很有行動力嘛，為搶回被邪惡綠豬偷走的蛋一直在奮鬥，而且遇到困難也都能認真面對，把問題一一突破！……*^^*」

仙草蜜腦海浮現那幾隻滑稽好笑、長相秀逗的卡通鳥，正覺得好玩，忽然男孩問她：

「相信妳也一定不是草莓族吧！:) 如不是，那妳覺自己是啥族？^^」

思緒再度停駐兩三秒，仙草蜜打出了「鑽石族吧！」四個字。

但這幾個字清晰跳出的瞬間，她就後悔了，因為感覺好像很虛榮。然而網路聊天室裡一來一往，必需立即反應，完全不容人深入思考、從容回覆，或修正錯誤；就算後悔了，也只能聳聳肩摸摸鼻子，沒辦法。

但男孩卻立即按了個「讚」字，又說：

「鑽石硬度最高，絕對抗壓，哇，さいこうですね！（註）！^_^」

看到男孩用日本偶像劇常出現的一句話，給自己如此評價，仙草蜜忍不住笑了。

那天，他們就在對「草莓族」稱謂嗤之以鼻、並對成人不了解新世代卻亂給他們冠上這討厭稱號一事上，繼續批評一陣後，又對憤怒鳥電玩「里約大冒險」，興致勃勃交換了一些心得，才意猶未盡地分別下線。

晚上，哥哥家教回來，洗過澡，換上一件印著「kiss the earth」字樣的新T恤，輕鬆坐在客廳剪指甲，仙草蜜也半倚在沙發靠背上，隨手翻閱爸傍晚下班才買回家的新書《和平飲食》（*The World Peace Diet*），兩人都閒散放鬆得不想說話。不過，瞥了書封面一眼後，哥開口了：

「厚！爸還真買了喔？」

仙草蜜露出不解的表情，哥便說，上禮拜他在系圖書館偶然發現此書，曾好奇抽出來瞄了幾頁，沒想到欲罷不能，借回家花了兩天讀完，深受啟發與感動，便推薦爸買：

「沒想到爸動作還真快！」

想到爸向來是遇事絕不拖延的效率主義者，兩人忍不住相視而笑。

然後哥說，此書令他深受啟發與感動的是，作者威爾．塔托博士（Dr. Will

Tuttle）出身豪門，父親是企業鉅子，威爾．塔托自己也是大學教授和鋼琴家。但十多年前，他卻毅然放棄大學教職與私人豪宅，和妻子住進一輛簡陋拖車，開始巡迴全美各地演講，宣揚素食主義，希望現代人經由飲食觀念和行為的改變，可以讓我們居住的這個地球，變得更健康溫暖可愛。

「威爾．塔托還為他那輛拖車取了個名字，叫『菩提達摩』喔！」

「哇噢——，『菩提達摩』巡迴全美？」

仙草蜜忽地拍了一下沙發扶手，坐直身子，興奮了起來：

「還真有夠炫的！」

然後也不管哥反應如何，便自顧自喃喃說——若這樣，那她猜那輛拖車一定是苜蓿紫，要不就是草綠色的，說不定還有彩繪，比方說像銀杏葉、鐵線蕨或幸運草、瓢蟲圖案啦……等等——自作多情的想像直把哥給逗得笑起來。

看仙草蜜似乎聽得津津有味，於是哥又繼續說，閱讀《和平飲食》最大的收穫，便是此書讓他開始體悟——減少或放棄肉食，既是一種理性的生活態度，更是一種善意、溫暖的當代思潮。這個體悟，為他帶來成長，讓他從一個無肉不歡的人，成長為一個決定「肉食減量」的環保族！而不論是身為美麗島新世代，還是地球村一份子，哥說，他都已經決定，要以「樂在成長，活出當代」做為自己的生命理想與目標的！

然後哥轉過身，秀出新T恤背面圖案，仙草蜜這才發現，那圖案是溫柔捧住地球的一雙手，手下一行字則是——For a greener tomorrow! 老實說，不論字或圖案都還蠻悅目好看的，不過仙草蜜這時卻抗議起來：

「拜託！哥——，別那麼哲學好不好？什麼活出當代不當代的？太抽象了啦！」

「不會啊！一點都不抽象啊！」

哥說：

「就是少吃肉、少開車、少浪費、珍惜資源這幾件具體的事啊！很多科學家也提醒說，這就是我們當代最需要貫徹的生活觀和作法，老實說，其實都是很『潮』的事嘛！……」

看哥如此振振有辭，仙草蜜忽想起晚上才在校園BBS網站遇到的那醫學系男孩、想起他對「草莓族」一詞的不爽，不免好奇起來，不知哥會如何看待此事？

於是仙草蜜向哥提起男孩，又問哥覺得自己是，或想當什麼族？一時之間心底充滿期待，不知哥的答案會有怎樣的「典範性」？

所以說「典範性」，是因為仙草蜜和哥是雙胞胎兄妹，兩人出生時間只相差七分鐘。據說當年，他們在媽肚子裡時都胎位不正，包括醫生在內許多人都曾非常擔心。但沒想到就在眾人憂心忡忡的關鍵時刻，善體人意的哥，竟絲毫沒給媽添麻煩地順利滑出產道了，緊接著，仙草蜜也跟在後頭，平安圓滿地呱呱落地。由於這超出預期的順產喜劇，是由哥率先啟動，對她這妹妹而言極富「典範」作用，因此醫生就笑稱哥是「好樣的」和「帶路的」。

也不知是這樣的標籤所暗示的使命感，還是哥天生就註定了是她這妹妹「好樣的」和「帶路的」？只比她「年長七分鐘」的哥，在生活上，總表現出高度獨立性與責任感，對她這妹妹的許多照顧、建議和提醒，也常都令她深感溫暖和歎服，因此，仙草蜜真的很好奇，哥究竟會以什麼族自許？

把指甲刀放回小抽屜，沈思默想片刻後，哥簡單輕鬆地說，他希望自己是「海綿族」，因為海綿吸收力強，且遇壓即恢復原狀，絲毫不受外力影響：

「這和一壓就爛的草莓，還有你們喜歡的、那八字眉翹得老高的憤怒鳥，可大不相同哦！」

雖超喜歡這回答，並且也早就知道哥答案一定會很棒，但仙草蜜卻二話不說，只順手抄起沙發上心形抱枕，作勢朝哥頭上敲去，哥則露出一種「哈，妳打不到！」的表情，輕捷躲開了。

把聊了半個晚上的《和平飲食》插進客廳書櫥，仙草蜜和哥又稍微討論了一下不久前才看的電影《飢餓遊戲》，終於，忍不住打了幾個呵欠後，發現壁上時鐘已過十一點，兩人便互道晚安，各自回房了。

看著哥背影，以及T恤上那溫暖美好的句子「For a greener tomorrow」，仙草蜜愉快地想：

有這麼一個樂在成長、想活出當代的陽光男孩當哥哥，當年醫生的鐵口直斷，真是神準啊！——

哥果然是「好樣的」，和值得她這個妹妹追隨的「帶路的」！

註：さいこう，漢字作「最高」，是極棒、極佳之意。

與玉山有約

兩年前的歲暮年初，他們全家攀登玉山，到有「臺灣屋脊」之稱的玉山主峰看日出。

那是一個跨年活動。十二月三十一日中午，爸媽帶著哥哥和她從塔塔加鞍部的登山口出發，目的地是海拔三千五百二十八公尺的排雲山莊。因為到玉山主峰的行程，向來都是頭一天夜宿排雲山莊，第二天再起個黑早，搶攻峰頂的。

從登山口出發時，海拔二千六百公尺的塔塔加鞍部氣溫只有攝氏五度；但因陽光晴暖，又正從事吃力的體能活動，沒有人覺得寒冷。

他們一家人背著沈重的登山背包，裡頭裝著礦泉水、麵包、泡麵、巧克力、急救藥品、禦寒衣物和簡單的登山裝備，循坡徑蜿蜒而上，沿途遼闊壯麗的景觀，讓大家都好興奮！

對臺灣高山植物很有興趣的哥哥，更是臭屁地一會兒指著遠方說，那是雲杉、圓柏；一會兒又指著近處說，這是杜鵑、鐵杉；等爬升到三千公尺左右時，更指向右前方山坡林地說：

「知道嗎？那可是玉山國家公園有名的白木林哦！」

雖覺得哥滿厲害的，但為了不讓他太得意，她故意擺出一副酷酷的表情潑他冷水：

「哼！有什麼了不起？又不是你一個人曉得，我也知道！……」

就這樣一路鬥嘴、說笑、讚歎、欣賞，辛苦的攀登過程倒也順利進行了一大半。

但山裡的太陽落得早，當他們越過一面像巨無霸屏風的大峭壁之後，天色便逐漸沈黯下來，森森寒意開始從四面八方聚攏迫近。驟降的溫度使手腳發僵刺痛，偏偏這最後一、兩百公尺山徑又最陡峻迂迴，看著山坳裡的積雪反襯出瑩白冷冽的寒光，一陣軟弱之感襲來，她忽然覺得自己快走不動了！

背著重裝備的爸爸一直以「就快到了！就快到了！」為大家打氣；甚至還故作輕鬆，出題目考她和哥哥：

「當最困難的時候，也就是離成功不遠的時候！——這是誰的名言啊？趕快搶答，答對的有獎！」

本來意氣風發的哥哥，這時也有氣無力回答：

「還用問？爸，就是你的名言嘛！」

爸卻說：

「真可惜，獎品飛了！這可是凱撒大帝的名言喔！」

也許，凱撒大帝的話和他的英勇形象，產生了一點激勵作用吧！咬著牙，運用意志奮力支撐，天黑後不久，他們終於抵達了閃著零星燈光的排雲山莊。

這隱藏在山腰冷杉林裡的樸素山莊，看起來像極了童話中的小木屋，非常可愛！據說早年曾是日本警察駐在所，現在則是全省最高的山莊，是所有攀登玉山的人在倦極、累極之後，一個養精蓄銳、溫暖窩心的歇腳處！

就在這驅離了寒冷的所在，他們全家和其他登山客一樣，喝了甜辣濃烈的薑湯，又吃完熱騰騰的大鍋麵，簡單地刷牙洗臉後，還不到八點，便爬上大通鋪早早休息了。

元旦凌晨三點，爸的鬧鐘響了。還以為他們是排雲山莊最早起床的人呢！沒想到微弱的燈暈裡，人影綽綽，早就有人起來準備攻頂了。

他們全家簡單盥洗完畢，到廚房吃了泡麵，把腰間行軍水壺各自注滿剛燒開的熱水，又把頭燈戴上，檢查所有裝備，一切就緒，四點正！打開山莊木門，隨眾人勇敢切入那凝凍墨黑的山色，便邁步朝玉山主峰頂出發了。

多得嚇人的星星，像一把光的沙子灑上了天，濃密華麗，她卻無心欣賞。因為攝氏零下十度的酷寒，使人失去了輕鬆感，而險峭的稜線和鬆滑的碎石坡，也不容她分神。

同行的登山客，有人受不了酷寒和艱苦，半途折返，放棄攻頂。她也好懷念那溫熱柔軟的大被窩！尤其天色漸亮之後，攀升至最艱困的風口地段，四面八方狂嘯撲捲而至的厲風，就像尖銳的刀子，又像一記記猛摔在臉上的耳光，刺得、摑得人劇痛難耐！咬牙拉住登山道上的鐵鍊往上攀爬時，她覺得自己的意志，再度受到嚴酷的考驗！

這時，和她一樣凍得慘無人色的哥哥，用手肘輕碰了她一下，哆嗦著嘴唇說：

「ㄟ，凱撒大帝講的——最困難的時候，也就是離成功不遠的時候了！……加油！」

她困難地朝哥哥笑了笑，感激他的鼓勵。就憑著這句話激發的力量，朝遠處眺望，山頂標示主峰高度的石碑，好像真的愈來愈近，愈來愈清楚了呢！

終於，在三個多小時穿過廣大黑暗與凝凍冰寒的行腳後，迂迴攀登四百多公尺險徑的他們，攻頂成功！

由於是陰天，這是一個無法欣賞日出的早晨。

但站在海拔三千九百五十二公尺、號稱東亞第一高峰的玉山峰巔，全家人還是難掩興奮地開心笑起來！

在這新的一年的第一天，就為自己生命寫下一項「玉山不敗」的新紀錄，確實很有成就感！

如果不曾堅持，她想，那該會是多麼遺憾的一件事！

這時，哥又對她說了：

「哇，有夠厲害吔！老實說，妳這才叫真的『妹登峰』嘛！對不對？」

她笑著沒有理哥，只旋開瓶蓋打算喝水，卻發現滾滾一壺熱水居然都結冰了！

……

那年玉山登頂成功，的確是她生命中極富象徵意義的一件大事！

身為一個臺灣人，在整個刻骨銘心的登山過程裡，她覺得自己真的是紮紮實實地擁抱了臺灣，看見了臺灣雄奇、厚重、豪邁、壯闊與豐富的一面！同時，她也確實印證並領悟了凱撒大帝那句名言——當最困難的時候，也就是離成功不遠的時候！

兩年後，面臨大學指考，在最後衝刺階段、幾乎撐不下去的情況下，她想起那年在玉山風口，與狂飆和內在軟弱搏鬥的往事，想起凱撒大帝那句話，心裡忽然重新充滿力量！

她決定拿出攀登玉山的精神，全力奔向既定的目標。

聯考放榜那天，在臺大政治系錄取名單中，終於，她找到自己的名字。

那是她的第二志願。

感謝爸爸，感謝凱撒大帝之餘，她決定帶著這句話，衝破人生每一道難關，並且發願，將來，還要再攀登玉山一次。

與玉山有約！

啊，那真是多麼美麗、多麼值得期待的一個未來之約啊！

卷　四

快樂方程式

親愛的吉野櫻女孩

不久前，在報上看到一則消息：

一名國中女孩在服飾店竊取一只背包時被捕。

警方問她為什麼這麼做？是否缺少背包？

女孩回答說，她並不缺背包，也知道這麼做不對，但因這種背包款式目前正流行，她手邊的錢買不起，為了趕流行，便顧不了那麼多了！……

放下報紙的時候，窗外吉野櫻正開得甜美爛漫，不知為什麼，我忽然想起胡適在提到青少年時曾說：

「我希望盡我微薄的努力，教我的青少年朋友學一點防身的本領，努力做一個不受人惑的人！」

一面凝視那如少女般清純甜美、優雅獨立的吉野櫻，一面玩味胡適這番話，我不免覺得，在許多時候，流行，其實也是一種暴力；人云亦云地接受流行，則是一種盲目。

就像這女孩，並不需要，只因為流行，就失去自我，放棄做人的原則，被牽著鼻子走了！

因此，在面對流行的時候，我想，或許我們真需要「一點防身的本領」，恰如胡適所說，要做個不受人惑的人，要有自己的判斷與堅持，因為即使流行再重要，也不能因此出賣我們的人格！

而除了面對流行時該如此，在人生任何時刻，我們又何嘗不該期許、訓練自己，做個不受人惑的人呢？

我不願像那則新聞報導一樣，說這名國中女生是「行竊失風被捕」的少女。

我相信，她只是一個熱愛背包，然後又不小心犯錯的單純女孩罷了。

我甚至想像，她的兩頰，也許就像窗外盛綻的吉野櫻一樣，是明麗可喜的淡粉色！

那已是一個多月前發生的舊事了。

不知那像吉野櫻一樣、喜歡背包的女孩現在怎樣了呢？

快樂嗎？幸福嗎？對所謂的流行，那曾令她一時迷失的誘惑，是否已具有免疫力了呢？

而人海茫茫，不論妳在哪裡，親愛的吉野櫻女孩，我都祝福妳，不但已從那不小心犯錯的背包事件中成長，更努力成為一個不受人惑的人，就像窗外這春日吉野櫻一樣，如此地——

優雅、獨立。

我想知道自己長什麼樣子！

在啟明學校讀國三那年，老師送給慕思一本點字版的《海倫凱勒傳記》。全盲的她，以敏銳的十指在紙上摸索、閱讀，臉上漸浮起一朵傷感的微笑。美國近代史上這位傳奇人物，竟和她有著相同的遭遇——嬰兒時期罹患重病，在持續多日的高燒消褪後，從此，再也看不見任何東西！

但不同的是，她不像海倫凱勒出身豪門，父母可以延聘一位專職的教師兼保母在家，二十四小時，且是一對一地照顧、教育海倫凱勒。

慕思的童年，是在孤獨、寂寞、清貧中，摸索著度過的。

進入啟明學校後，她繼續在黑暗裡以耳朵、鼻子、手指、四肢和身體，去感覺這個世界的存在。

老天剝奪了她許多權利與自由，她一直活得靜態而封閉，沈默且早熟，因此，慕思平常生活最大的樂趣，只是，也只能是，聽音樂和讀手邊僅有的幾本點字書籍而已。

慕思所擁有的書很少，是因為——點字書很貴！

而《海倫凱勒傳記》則是她截至目前為止，最喜歡的一本書。

問慕思喜歡這本書裡的什麼？

方框墨鏡底下的她，以愉悅表情說，很喜歡海倫凱勒講的兩句話——「當挫折來襲，我不願以眼神哀求，或以語言嚇阻它，我要以雙手扭轉它！」和「我一直哭著沒有鞋穿，直到我發現一個人連腳也沒有！」

慕思說，因為前一句話令她鼓舞，同時也啟發了她，即使老天以全盲這樣的挫折打擊她，她也不應自怨自艾或自憐，而應做一個有尊嚴、有勇氣的人，嘗試扭轉自己不幸的命運。

至於後一句話，則提醒了她，人總是只想到自己所匱乏的，卻很少想到自己所擁有的。雖然她不幸雙眼失明，但世上也許還有比她更不幸的人，所以她覺得自己實在不必老是感傷哀歎。

另外，慕思說，她也喜歡書中，海倫凱勒對上蒼的祈求——祈求老天給她三天的光明，讓她能睜眼看看這世界！

慕思說，這也是她最大的心願。

「真的，不必復明，只要能恢復視力三天，我就很心滿意足了！……」

微微提高的音量裡，慕思的語氣充滿了熱烈的嚮往。

因為她實在很想知道自己長什麼樣子？

很想看看爸媽、弟弟、妹妹、老師、同學的模樣！

很想看看這住了十幾年卻從來沒有見過的家；以及，天空的顏色、爸爸送給她的紫水晶項鍊、隔壁經常在叫的那隻狗、總是只聽見聲音卻無法想像的電視節目，以及，花、草、樹木、白雲、太陽、月亮、飛機，甚至每天喝的水的樣子——

總之，所有不盲的人能看見的東西！

當慕思虔誠說完心底如此謙卑微小、令人無言以對的盼望後，輕輕給她一個溫馨的擁抱——

我發現，啊，總是怨天尤人、很少知足的我們，正是那一直哭著沒有鞋穿的人啊！

快樂方程式

晚間整理廚房，把一些收藏的杯子取出擦拭。才一打開壁櫃，就看見那只馬克杯。

那是兩年前我到新北市某高中演講的紀念，拓印於杯身的圖案，是一幅題為「快樂方程式」的水彩作品。

我偶爾會想起那場演講，是因為那天我所遇見的一雙眼睛，青春水亮，但卻透露出一種罕見的冷峻憂鬱，令人難忘也令人牽掛。

我猜她高二，抱一隻繫紅蝴蝶結的小泰迪熊來聽演講。雙眉微蹙，在所有同學哄堂大笑時，瘦削酷白的一張臉也硬繃著毫無表情。但演講結束後，意外地，這女孩卻率先發問，這時我才發現她戴著牙齒矯正器。

女孩的問題頗予人超齡之感——

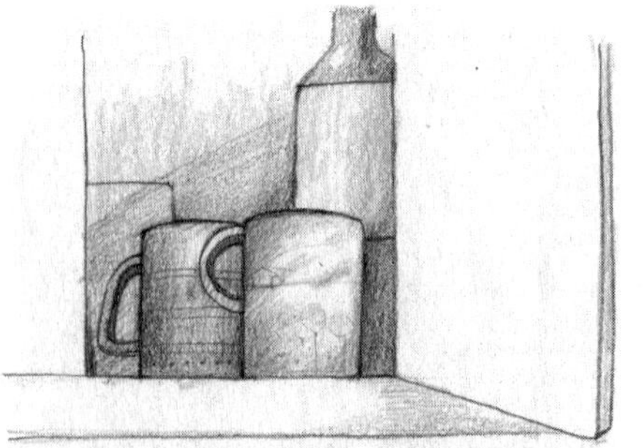

人生中我們常面臨抉擇，但我們怎知自己所做抉擇，究竟對還是錯？如果錯了，無比後悔，怎麼辦？

面對那冷麗的雙眼，我嘗試著盡量給予建設性參考答案時如此說——

世事多變，人生難測，沒有人能預知自己所做抉擇究竟對還是錯？但如果做抉擇時冷靜思考，理性評估，最重要的是，若我們能忠於自己，那麼所謂「錯」的可能性就大為降低。但，即使做出錯誤的抉擇，也不必以「後悔」這樣的負面情緒，懲罰自己。

「要站在自己這一邊！」

我強調：

「要盡量去做修正，把『錯誤』轉換成『正確』，然後，下一次，再漂亮出擊。據說過去綁赴法場的死囚，行刑前常高喊——十八年後又是一條好漢！——如果，在人生那麼絕望的時刻，一個已經沒有未來的人，對自己都還抱以熱烈期待，一顆不死之心仍要向世界宣告：這輩子我雖做了錯誤的抉擇，往者已矣，但下輩子重新來過，你們將看到一個截然不同的精彩人生！——那麼，我們還有什麼理由，不以積極樂觀，開啟下一段全新的生命旅程呢？……不知這樣的回答，是否可以滿足妳剛才的問題？」

隱約間，我終看見她臉上閃過一絲飄忽的笑意。

演講結束後，教務主任陪我穿過校園七里香小徑時，背後忽響起疾步奔跑聲。回頭一看，原來是那位同學，手裡還抱著泰迪熊。

她迅速把一隻馬克杯塞進我手裡，喘氣說了句「送給妳做紀念」，便又匆匆跑開了。

教務主任搖搖頭，笑著告訴我，女孩出自單親家庭，個性孤僻，很難與人相處，但甚具繪畫天分，志在進入師大藝術系。馬克杯上圖案，便是她的水彩畫，是她高一那年，學校製作校杯，向全校同學徵求設計圖案時獲選的作品。

我翻轉杯底，看見這樣的文字——

新北市××高級中學歡迎您！

作者：王××

快樂方程式．水彩／62×98

……

那已是兩年前的舊事了。

不快樂的女孩，想透過一幅題為「快樂方程式」的水彩畫，訴說什麼？尋找什麼呢？

不知她現在還常抱著泰迪熊嗎？牙齒矯正做好了沒？是否已進了師大藝術系？……

窗外春雨淅瀝，把杯子擦拭淨亮，復歸原位時，我忍不住心底這樣想：

泰迪熊女孩，但願妳已找到妳的快樂方程式！

一路綠燈幸運日

四月是最殘酷的月份。

這是英國詩人艾略特〈荒原〉一詩的開篇名句。雖膾炙人口，傳誦不絕，但當春天這最核心的月份來臨，我卻希望自己，忘記荒原，忘記艾略特，以歌詠的心情如此頌讚：

四月是微笑的月份。
四月，是最溫柔的月份！……

而溫柔微笑的月份裡，忘記荒原，忘記艾略特，在宜蘭，一所飄拂老桂馨香的校園，我偶然和一位「對寫作有興趣，將來想當作家」的語文資優班學生相遇了。

春光爛漫中，穿深紫運動服的資優國中生，靦腆，但非常嚴肅認真地問起「靈感捕捉」的課題。

望向那純淨天真的臉，我看見，無數光燦的希望、機會，正不斷向他開啟；但各式艱難的挑戰、試煉，也正在歲月道路上逐一等著他。

我仔細玩味他所使用的兩個詞彙。

靈感。興趣。

同樣認真地思索著，該如何向這充滿期待的清純少年解釋，那其實是非常虛幻、危險的兩個字眼。

因為興趣，常只是一種莫名的衝動、短時間的熱度，和不可靠的激情。靈感，則像「守株待兔」寓言裡，那在某一幸運日闖進視界，令人乍然歡喜後，就再也不曾出現的狡兔，同樣不足為恃。

身為一名創作者，因此，我從不相信電光石火的靈感，寧信細水長流的工作。

只是，什麼是寫作者的工作？我又該如何以簡明方式，向少年說清楚呢？

當然，回顧自己的體驗，寫作者的工作，在我看來，首先，是閱讀，且是大量地閱讀。

可以一日斷食，但不可一日斷讀。

其次，則是觀察、關懷、思考，去開發作品新題材，蘊蓄書寫新能量。

然後，便是打開電腦，開始——

寫！

把具有書寫價值和閱讀價值的人間故事、生命體驗、情思感悟之結晶，文字化——不，正確說——是文學化、藝術化。

最後，反覆斟酌修改，直至三讀，不，多讀通過，不再挑剔，沒有任何遺憾為止。

但這幾乎是不可能的事。因為即使作品已經發表，甚至出版，創作者還常不斷進行修改中。

喜歡永無止境修改作品，是作家最無可救藥的壞習慣，但卻也可能是他最值得稱許的美德、藝術良知，與敬業精神！

因此，寫作，可資憑藉的，其實不是興趣；所該追求的，也不是靈感，而是這種種紮實且並無僥倖的前置，與後續作業。

當然，好風如水的日子，當筆下如長江大河傾瀉、思緒如錢塘春汛漲潮——靈感，終成為一個無比真實，且令人快樂的字眼時——那也確實是非常精彩、可喜的一種體驗。

但這一路綠燈的幸運寫作日，甚少出現，且絕非空穴來風，而是不斷自我醞蓄、累積，終漫溢至超負荷臨界點時，瞬間爆發的結果——

總之，「靈感，是一個不會拜訪懶惰的客人！」

當我提出自己的心得與少年分享，且終以俄國作家高爾基這名言為結論送給他時，校園古木碧蔭下，其實，我又何嘗不是以這值得一再自我提醒的創作信條，再次自我期勉了一回呢？

「而人生還處在早晨階段的此刻——」

離開學校之際，輕拍男孩肩膀，我真誠叮嚀這心懷夢想的文學少年：

「不妨先開拓，並享受你的閱讀生活。等將來有一天，你對寫作充滿志趣，而不光只是興趣時，我們再來聊『當作家』的事吧！地球是圓的，和你後會有期了！……」

那天，搭車返家時，龜山島在右側近海，正靜靜馱負滿山金橙夕色；早春稻秧，則以一種濕潤悅目之翠綠，在我左方，訴說蘭陽平原如夢般的清寧安恬。

當車子終來到雪山隧道前，遠山油桐花已溫柔披覆點點初雪時，我心裡想的是——

不論當不當作家，親愛的男孩，希望你都擁有一個充實豐富的未來！

種植一個夢

週末午後，從臺北東區 SOGO 百貨公司走過。

展示早春精品的大玻璃櫥窗內，戴墨鏡的人形模特兒，一襲香檳金小洋裝，斜披愛馬仕新款織花絲巾，肩揹村上隆經典名媛包，臂挽 LV 限量版 Graffiti 亮彩塗鴉提袋，手裡還握住一只粉紅果凍套黑莓機，正向滿街俊男靚女，擺出魅惑之姿……。

微笑轉過這時尚街角，明媚的視覺印象尚未消失，便見一年輕遊民蹲坐騎樓陰暗處，腳前一只「7-11 關東煮」空紙碗下，壓住寫著歪斜字跡的厚紙板：

「我是一個無家可歸的人，請幫我度過今天！」

糾結垢膩的黑髮，襯得他期盼路人施捨的眼神格外熱切，但也格外悽惶無助。

我掏出零錢包銅板，非常矛盾地掙扎著。

但，直到掌心兩枚五十元硬幣，都被握得潮濕發燙了，卻終還是從那空蕩蕩碗前走過，不曾施予任何一點舉手之勞的「慈善」。

這長髮青年的昨天，是一個怎樣的故事？

我有些黯然、不解地想。

為何在旭日初升的生命年代，竟淪為街頭乞者？

如果給他銅板，甚至千元大鈔，幫他度過今天，但他的明天又在哪裡呢？

而如果每一個明天，都只是灰黯今日的不斷複製，那麼，這飲鴆止渴式的行善，不能帶給他尊嚴與希望的布施，又有什麼意義？

感慨中，我想起了曾在《新約．馬可福音》讀到的一個故事——

瞎子巴底買因眼盲不能工作，終日行乞路邊。當他遇見耶穌時，卻並不祈求銅板、財富，而是滿心期盼地說：「我要能看見！」

於是耶穌賜給了他光明。

身為非基督徒，這故事令我觸動，在於巴底買渴望翻轉人生的意志！

這赤貧如洗，但精神卻絕不貧窮的盲丐，希望獲得光明後，重建生活。他要靠自己，而非他人的慈悲，「度過每一個今天」。

如果，能把這故事告訴那年輕乞者，把一些真正發亮的東西放入他心中，我自問，是否比，把亮澄澄五十元銅板放進那空碗裡，對他幫助更大？……

就這樣一路鏗鏘不已地思索著，從城東到城南，終回到離家不遠的小巷時，意外發現有人在種樹。

是啊，春天原就是種樹的季節啊！

但，應也是植夢的季節吧！我想。

那麼，下次，若再遇見那青年，我希望能告訴他巴底買的故事。

希望他為自己種植一個夢！

（例如，梳洗乾淨，到販賣關東煮的 7-11 應徵當店員……）

然後，就從為自己種植一個夢開始，擺脫精神上的貧困，活出更好的自己。……

而就在所有碧樹欣欣然發芽的春日，當然啦，我也要為自己種植一個，甚至，好幾個夢的！

哈姆太郎大逃亡

如果，那被××國中生「拐騙」到實驗室的八隻倉鼠，都像「哈姆太郎」一樣聰明！

如果，這八隻倉鼠也像「哈姆太郎」一樣，充滿冒險與不妥協精神！

那麼，不論月黑風高，或月白風清，總之，某個宜於爭取自由的夜晚——我在想——這八隻倉鼠，是否會合作演出一齣集體大逃亡的戲碼呢？

為觀察老鼠運動量和體重間之關係，以便參加全國科展，××國中兩位學生聯合上網 po 文，謊稱喜愛寵物鼠，想大量認養。結果各方網友熱情提供八隻倉鼠後，不久，卻傷心失望地發現，原來這是個烏龍事件，是一場假認養之名、行詐取之實的騙局。

當極不以為然的好事者，循線追蹤至學校實驗室時，只見八隻渾不知人間詭詐的倉鼠，憨態可掬，正在籠子裡快樂地跑滾輪、吊單槓、踩健身球；兩位參展學生則在鼠籠旁，拿著報表，正逐一記錄每隻老鼠的體重變化。至於科展結束後，「不再有利用價值了」，這八隻倉鼠命運將如何？——

「還不簡單？隨便找個地方放生就行了啊！」

那以高妙平衡技術，在拇指食指間不時轉著原子筆玩的同學說。

當好事者繼續追問，這究竟是「放生」還是「放死」時，另一位同學笑著說了：

「那就看牠們自己造化如何嘍！」

唉，以寵愛為名，以剝削利用為目的，以拋棄為終局，何其荒謬的認養故事啊！

如果倉鼠們都像「哈姆太郎」一樣聰明——我又忍不住這樣想了——會不會拒跑滾輪、不做運動，以示抗議呢？……

腮幫子圓鼓鼓的倉鼠，其實，是一種極富童話感的鼠類。由於在門牙、臼齒間，有一塊可延展伸縮的皮膚，能擴張如袋，儲存食物，像行動倉庫一樣，所以學名「倉鼠」。為此，倉鼠常喜歡把葵花子、堅果等食物藏在兩頰，直至用餐時刻，才吐出享用；當父母的倉鼠甚至還會把鼠貝比放進頰囊加以保護呢！

是這樣一種慧黠有趣的小傢伙，莞爾之餘，倒頗改變我對「鼠輩」的印象。我終於開始理解，為何有人愛牠，且寶貝般加以豢養了。

而相對於那參加科展的國中生，世上最愛倉鼠的人，或許，便是創造了「哈姆太郎」這卡通角色的日本畫家河井律子吧！

據說由於深深喜愛，河井律子曾養過許多黃金倉鼠。在與這些黃撲撲小茸球相處過程中，河井發現，每隻倉鼠表情、動作、個性都不同。這有趣的觀察為她帶來豐富的創作靈感，於是以一隻名叫哈姆太郎（Hamtaro）的小倉鼠為核心，這饒富新意的畫家，創作了一系列溫馨可喜的繪本與動漫作品。

哈姆太郎之名，便是由倉鼠英文「hamster」，和日本習見的男孩名「太郎」（taro）組合而成。

由於對倉鼠觀察細膩深刻，更因為把對倉鼠的感情投注於作品中，再加上河井畫風原就溫暖、幽默取向，因此生動討喜的《哈姆太郎》系列一推出，便立刻風靡日本，哈姆太郎不但成為小朋友新偶像，周邊商品與玩具熱賣，還發展出英譯本和校園輔助教材，堪稱現代日本兒童集體記憶，人氣、魅力十足。

由於哈姆太郎名氣太大，於是，半基於好奇，半為好玩，逾齡讀者如我，也曾在書店微笑掀啟《哈姆太郎大冒險》繪本細讀，重溫天真的悅讀體驗，撿拾失落已久的童心。

在這輕快溫馨的日本現代童話裡，我發現，河井既善用擬人化之筆，復深諳新世代心理，因之每隻倉鼠在相異的嗜好、個性外，更被賦以不同性別和星座。

哈姆太郎便是一隻獅子座黃金鼠。牠是國小五年級女生小露的寵物，機警聰明、勇敢熱情外，更具有一種不妥協的奮鬥精神。由於熱愛冒險，哈姆太郎每天都出門探索新世界、結交新朋友，並為倉鼠和人類解決問題，堪稱鼠界英雄；若身陷危險不測，積極樂觀的哈姆太郎也總能正向思考，自我激勵，且終於走出困境！

從創作心理學來看，《哈姆太郎》系列，其實反映了河井律子對倉鼠的眷愛寵顧之情。哈姆太郎之於河井，我想，或許就像米老鼠之於華德狄斯奈一樣，是一種無可取代、溫暖親密的生命聯結與依存關係吧！

而如果，河井筆下的哈姆太郎，在驚奇刺激的冒險後，總能以圓滿喜劇收場。

那麼，現實世界，那幾隻被強徵為科展工具的倉鼠呢？

牠們的未來，也會是一場喜劇嗎？

這個詐騙故事，在兩名國中生戲耍了舊飼主之後，究竟會怎樣收場呢？八隻小倉鼠未來命運又將如何？

若世間荒謬不義，要靠勇敢、智慧，和一份不妥協精神來對抗。

那麼，實驗室裡被剝削利用後，今晚，不論月黑風高，或月白風清，八位勇敢的哈姆太郎們，拿出你們的看家本領，離開禁錮你們的鼠籠——

展開一場快樂的大逃亡吧！

在張家莊的那個上午

入秋以前，某一週日，朋友邀我參與她所居社區舉辦的踏青活動，地點是臺北近郊一個隱藏在群山之間，因此少為人知的私人田園——張家莊。

朋友力邀我前往，一方面因為據說那兒景致不俗；另方面則因我們平日各忙各的，許久未見，彼時正好有事相商，同赴張家莊，則敘舊、議事、休閒，一舉數得——

「何樂不為呢？」朋友說。

於是，雖完全不識其餘的同行者，但帶著一顆好玩好奇的心，我還是欣然隨隊出發了。

其實，這活動是社區內玩棒球的一群兒童家長發起的，旨在聯誼，並且——「讓小孩開心一下」——他們說，因此踏青之行的成員，清一色都是玩棒球的小朋友和他們的父母。在購買門票等候入莊時，一片清亮唧喳的童稚之聲，水波一般，不時將成人的交談沖散、截斷；我前後左右一看，不免失笑！這群還在讀小學幼稚園的嶄新世代呵！有多久？我已不曾和如此年齡的小孩相處在一起了？

由於張家莊是一片狹長谷地，它的心臟地帶恰有一清澈碧綠、深淺適中的水潭，因此這整個以孩子為主的活動一開始，便是安排小朋友穿上泳衣、蛙鏡，到軟玻璃似的清潭裡玩水和游泳。

孩子們的父親則分工合作，有的在水中來回穿梭，負責眾娃兒們的安全；有的擔任攝影，進行拍照；有的在溪邊樹蔭下，收拾這幾十個孩子呼嘯著衝往潭水前所扔下來的衣服、襪子、背包、隨身用品，並且從車上逐一取下防水塑膠布、摺疊式桌椅、小型瓦斯筒、火爐、鍋碗、餐具、原子炭、烤肉網、食物、飲料、調味品……等等，各式你所能想到的郊遊必備或不是那麼必備的物件，一應俱全；另外，還包括了四個長圓形的大西瓜。

而當這些滿身大汗的父親忙著張羅、佈置一個完美的野餐環境時，孩子們的媽媽，也正極有默契地分頭賣力幹活——有的開始洗、切、料理帶來的青菜魚肉；有的將前一晚做好的滷牛腱、滷蛋、豆干、豆皮、海帶仔細切片切絲後，灑上醬油麻油蔥花香菜裝盤；有的極富耐心地將土司麵包四個硬邊切掉，小心塗抹醬料，務期符合孩子口味地分別做成果醬三明治、花生醬三明治、火腿蛋起士三明治和鮪魚生菜沙拉三明治；另外還有一組媽媽則在大鍋內燒水煮什錦麵、燉雞茸玉米蘑菇濃湯、紅豆蓮子湯；令人歎為觀止的是，麵還分辣與不辣兩種。

佇立潭邊，我看著岸上忙得如此專注、認命的每一個父親母親的身影，以及水裡那些曬得頭臉熾紅、卻始終兩眼緊盯著孩子唯恐稍有閃失的父親，強烈感受到這些父母對兒女的愛！但我不知水花四濺的潭裡，那些玩得忘形的孩子，看到，或感受到父母為他們所做的一切了嗎？

極其挑逗人食慾的午餐，整齊且琳琅滿目地鋪排了一桌時，玩得意猶未盡的孩子被喚上岸來，柔軟大浴巾和乾淨衣褲早已準備妥當。侍候著自家兒女擦拭更衣完畢，眾小蘿蔔頭歡呼奔向野餐桌前，旋即大快朵頤起來。

看著他們狼吞虎嚥的模樣，這些忙碌了一上午的父母，臉上浮現欣慰滿足的表情，又開始收拾孩子換下的濕淋淋泳衣；而另一邊，幾個始終不曾休息的父母，則馬不停蹄地繼續切西瓜、盛紅豆湯，開始準備飯後點心了。

我深感震撼的是，直至孩子用餐完畢，甚至招呼他們把點心吃完之後，這些父母才零零星星就孩子們吃剩的食物進餐；而在孩子用餐過程裡，我則親眼看見幾個噘嘴皺眉鬧彆扭、甚至發起小小脾氣來的小孩，向父母抱怨食物不合胃口，父母則極盡討好能事地懇求孩子把中餐吃完。……

我想起我的童年，那個講究長幼有序價值觀的年代，長輩未上桌之前，小孩是不可以動筷子的。也許，那樣滴水不漏的嚴肅，失之刻板，但完全把孩子捧在掌心的結果——唉，我聽過，也蒐集過一些桀驁不馴的問題青少年個案，每一件都乖張顛倒到令人難以想像的地步。而最近聽到的一樁真實事例則是，一位高一男孩，因母親勸他不要買機車，男孩一怒之下，竟動手將母親推倒在地，導致母親骨折住院的事件。

因此，在張家莊的那個上午，眼前人影幌動，我是如此強烈感受到那些父母是如何毫不保留、傾其所能地向他們的兒女示愛！

如果碧蔭蔭山谷裡，那天，是父母、兒女一起下水嬉戲，一起動手準備野餐，一起享受豐盛美食，一起收拾整理，或至少，只管吃只管玩卻不管做事的小孩，在進餐前，能向所有忙碌的大人說一聲：

「爸爸媽媽辛苦了，謝謝！」

以如此美好的感恩之心為基調，那麼，那一次的踏青之行，是否，對大人小孩來說，都將更快樂也更有意義？

在張家莊的那個上午，順利地和朋友把事情討論完之後回家，雖然，這初秋的踏青故事已寫上句點，但那群不識人間疾苦的孩子，以及，鞠躬盡瘁為他們營造幸福感的父母身影，卻在我腦海裡，始終縈迴不去。……

豆花・ㄘㄨㄚˋ冰・鳳梨酥與大衛

有一個非常喜歡臺灣豆花、ㄘㄨㄚˋ冰、鳳梨酥的酷男孩叫大衛（David）。

和林書豪一樣，大衛是美國土生土長的華裔青年。

這個華裔青年，或說酷男孩大衛的故事，其實並不酷，但卻有點曲折。

因為在提到年輕的大衛和豆花、ㄘㄨㄚˋ冰、鳳梨酥快樂結緣的故事前，我們必須先從另一個不很年輕的故事說起，那故事是這樣的——

一九四五年八月，日本天皇宣佈無條件投降、第二次世界大戰宣告結束後，日軍駐華司令岡村寧次，曾一直不能、也不願接受這戰敗的事實。當他奉天皇之命，去拜會當時中國受降代表何應欽將軍時，內心更充滿了痛苦！

因為何應欽早年在日本軍校求學時，曾是岡村寧次的學生。如今，老師必須以戰敗者身分去見弟子，情何以堪？岡村寧次認為，何應欽必然會擺出勝利國耀

武揚威的姿態，使他受盡屈辱吧！

但令岡村大感意外的是，當他抵達何府時，何應欽是穿著樸素的便服，而非掛滿勳章的戎裝，非常鄭重恭謹地親自在家門口迎接，並且處處稱他為老師，謙和有禮，全無輕侮驕慢處。……

岡村寧次事後追憶說，他面對如此寬厚的「仁者之風」，當場楞住，一時之間，百感交集，這才終於承認，企圖以武力征服中國的日本，真的是敗了！

這是戰後十餘年，岡村寧次接受日本電視訪問時親口說的。

一位旅居美國的朋友因公到日本開會，偶然在電視上看到這段歷史訪問的重播，回臺探訪親友之際，在一次聊天過程中，輾轉告訴了我。

有趣的是，朋友向我提及這段史實時，我們當時談話的主題，不是「戰爭」，卻是他的兒子大衛。

那個酷酷憨憨、剛滿十八歲的大衛。

大衛的父親、我的這位朋友，與我同年，老家在竹北鄉下，大學畢業赴美取得博士學位後，在當地發展，已取得永久居留權，他是打入美國上流社會的菁英華人之一，在美國擁有龐大穩固的事業基礎。但偶爾回臺，令人意想不到的是，朋友總說，最令他愉快的，是在既定行程外，能偷閒到夜市去喝一盅薑絲豬血湯，叫一盤炒米粉、一碗魯肉飯、一份蚵仔煎或仙草冰等鄉土小吃，大快朵頤一番，重溫兒時記憶，並一解多年來的飲食鄉愁！

他的兒子大衛，因在美國出生，既是合法的美國公民，又因熱愛搖滾、衝浪、橄欖球和越野賽車，再加上個性活潑開朗熱情，塊頭又大，除五官外，行為舉止、談吐動作無一不是美國男孩的樣子。但大衛卻有一個非常典雅、傳統、與他外型完全無法產生聯想的中文名字——念祖。

那是朋友在大衛尚未出生前，便已預先為他取好了的，以示新生兒將永不忘父祖之國。

背負如此莊嚴之名，因此，大衛從十五歲起，朋友每年暑假都送他回臺灣，參加救國團所舉辦的海外青年語文研習班，或生活研習營。

至於研習什麼呢？

朋友從未具體回答，只表示他由衷希望這黑髮黃膚、身上流著華人血液的兒子，即使在美國成長，也能有機會回到父祖之國，實際體會中美文化相異處。

「比方——」

朋友說：

「像岡村寧次這故事裡，那種推己及人、將心比心的厚道，等等。」

而也就在那次談話中，朋友也透露了他在國外的事業發展，其實一直深受日本經營之神松下幸之助「素直」觀念的影響。但後來在一篇松下自述成功之道的文章中，他才發現，原來，松下所堅持的經營哲學「素直」兩字，竟源自中國儒家精神的啟發。

「兜了半天，又回到原點！」

朋友笑著搖頭：

「所以，這就是我希望大衛假期能常回來看看的原因。雖然，也許幫助不大，但畢竟聊勝於無，因為我實在不想眼睜睜看他成為外黃內白的『香蕉』！……」

這是一個旅居異邦的臺灣父親，發自內心深處的感性之言。

當他使用「香蕉」這充滿戲謔與嘲諷意味的字眼時，我微感吃驚，但也不免想起前人的兩句詩來：

蜂蝶紛紛過牆去，
卻疑春色在鄰家！

是的，當我們正不知不覺接受西方（美式）文化強勢傾銷的同時，卻也有人不辭辛苦，奔波往返，為的只是希望能沾濡一點母文化的潤澤呢！

當然，朋友希望大衛所沾濡的，是母文化中良質的部分。

但，對於這些良質的、別人不惜渡海前來接受濡染的部分，我們是否曾認真思考過，或加以珍愛過呢？

還有，在接受西方文化強勢傾銷的同時，我們對於他們的垃圾文化，以及一些有待商榷的事物與觀念，例如——極端的個人主義、輕率粗糙的兩性關係、過分追求物質與消費的生活傾向，乃至高糖高脂高熱量低纖維的可樂文化、速食文化，等等，是否也曾經加以過濾、評估？還是不假思索地便照單全收了呢？

當別人千里迢迢，渡海前來「取經」之際，我們實在不該忘了自家「春色」，卻成為紛紛過牆而去的「蜂蝶」啊！

然後，我也不免感慨——當華人遇見西方，究竟該如何面對、調適，並斟酌去取的課題，是從鴉片戰爭以來便一直存在到現在的。

所幸，在走了好長一段「外國月亮比較圓」的滄桑心路後，如今，我們總算能以平常心來看待這事，並且終於開始明白：

每一個地方的「月亮」，其實，都是有圓有缺的！

因此，既不一味排斥，也不盲目接受，而是以理性思考的態度去斟酌取捨，那才是我們面對其他文化衝擊，乃至傳統文化傳承時，所應抱持的態度吧！

酷酷憨憨的男孩大衛，今年十八歲了。

愛玩又喜歡新奇事物的大衛，其實並不排斥，甚至還蠻喜歡這樣一年一度，往返於太平洋兩岸的。

這四年往返兩岸的重大心得之一，大衛曾說，是他非常開心地發現：

「臺灣ㄅㄧㄥ ㄅㄤ（冰棒）比美國ㄅㄧㄥ ㄅㄤ（冰棒）好吃恨（很）多！耳切（而且），兜滑（豆花）、ㄘㄨㄚˋ ㄅㄧㄥ，和風裡速（鳳梨酥）已經扁（變）成我的追（最）愛！……」

雖然，我不能確知大衛每年暑假如候鳥般返臺一次，在這匆忙短促的接觸、學習中，究竟對母文化能有多少體認？

但每一想起那出身竹北鄉下的父親用心良苦，以及他對大衛的期盼，便不禁深深覺得——當東方遇見西方（或當傳統遇見現代）時，我們該如何加減乘除一番？實在是值得放在心裡，好好想一想的課題啊！

尖屁股牡羊與哈利波特（二帖）

1. 尖屁股牡羊與哈利波特

曾擔任駐校作家，在那青春氣息洋溢的校園，常以分享美好經驗的心情，鼓勵年輕學生與書親近。

不置可否的微笑中，有一回，在一小型座談會上，一個戴魔幻紫隱形眼鏡的新新人類忽然問：「閱讀有什麼用？」

閱讀有什麼用？

深秋午後的寧靜中，滿室期待解答的眼神，倏地如箭矢般密集向我擲來，面對如此功利導向的思維，什麼說法才具說服性呢？

我忽然想起一個很搞怪的牡羊座男孩。

國小時，據說，所有老師對這經常闖禍、令他們頭痛萬分的傢伙，只有無可奈何的一句評語：

「×××，你屁股是尖的！」

然而，神奇，或說幸運的是，牡羊男孩喜歡閱讀，只要丟一本他愛讀的書給他，尖屁股牡羊，立刻便成了書桌前紋風不動的石膏像。

在哈利波特掀起全球閱讀風那幾年，牡羊男孩忠誠追隨 J. K. 羅琳創作進度，從國中、高中至大學，如攀階梯般，一路讀完了這魔法傳奇系列所有中譯本；並且，更由於深愛這神奇故事，幾乎一日都不能離，因此，大學畢業、服完兵役後，不按牌理出牌的牡羊座男孩，頂著臺大國際企業學士頭銜，卻並未像他同學那樣，前進金融機構，而選擇，且是非常堅定、快樂地選擇——到誠品書店兒童館，去開始他的第一份工作。

接著，出國讀書，彷彿沿著早就畫好的路線圖，牡羊男孩選擇來到 J. K. 羅琳故鄉，碩士論文出人意表便是〈哈利波特故事中的英雄形象〉。而今層樓更上，繼續深造，博士論文依然是當年悅讀經驗的延伸——〈哈利波特小說與電影的比較研究〉，且樂此不疲，決定繼續前行，志在成為哈利波特專家！

……

在殷切期盼回答的眼神中，我把這因熱愛閱讀，而終開啟生命一連串特殊因緣際遇的故事，告訴了眼前這群二十上下的年輕學生。

戴魔幻紫隱形眼鏡男孩，顯然喜愛這故事的戲劇性，嘖嘖稱歎中，以近乎歡呼語氣說：

「哇！那哈利波特變成他的金飯碗了ㄋㄟˋ！」

「看來，閱讀真的還蠻有用的嘛！」

另一個穿櫻桃小丸子T恤、手捧 85℃ 珍奶的女孩，也在眾人微笑中，做出大家都欣然認同的結論。

雖然這結論十足功利取向，且牡羊男孩一路行來，並非為尋找金飯碗，而是一個「閱讀，豐富了人活著的過程」的真實故事。但那確實是很有意思的一個下午，在屬於我的「文學諮詢」時間裡，和一群新銳、犀利、熱情、爽朗直接卻有待磨鍊的新世代，暢然無礙交談。

當半年駐校期滿離去，偶憶及那些秋光清寧、言笑晏晏的午後時，我有時會想起那曾問「閱讀有什麼用」的男孩。

或許他還戴著那炫奇的魔幻紫隱形眼鏡？

或許，他終願意和書建立親密關係了？

還有，那愛喝珍珠奶茶的女孩，以及，那些每天忙著上課、考試、打工、談戀愛、上網、傳簡訊、不太知人間疾苦……的校園新人類，不知現在又都如何？

而我是多麼希望，這活潑躍動的青春族群，在面對人生選擇時，他們的思考，能從「對我有什麼用？」的觀點，也延伸至「對我有什麼意義？」的層面上。

就像那熱愛閱讀、鎖定J. K. 羅琳與哈利波特、矢志追夢、勇往前行的牡羊男孩，或許這樣，我們才不致錯過一個更新鮮有趣、豐富深刻與海闊天空的人生吧！

2. 翁山蘇姬與曼德拉

在青春校園擔任駐校作家，我收藏了許多珍貴雋永、可感可歎的故事。

諸多記憶閃現之際，我常想起一件事。

那是開學後不久，學校對外籍生所做的問卷調查，其中一個簡單的問題是：

「你最不喜歡的事情是什麼？」

來自歐、美、日本，甚至非洲的十幾位外籍生中，一半以上的回答是——最不喜歡戰爭、種族歧視、性別歧視、文化偏見、僵固的意識型態、地球暖化、核武威脅所帶來的生存困境與危機等。

懷著好奇，我以相同課題問本地學生，得到的回答則多是——最不喜歡被爸媽管、考試時感冒、被別人誤解、失敗的感覺、不確定的狀態、女朋友劈腿、好不容易盼到的郊遊烤肉那天卻下雨、畢業即失業的壓力等。

於是，我想起一位在大學任教的朋友曾慨歎，有一次他上課提到翁山蘇姬，學生竟以為是一位日本偶像劇明星。

「但這還不算最壞的，」

朋友說：

「有其他學校老師告訴我，他們學校學生以為，曼德拉，是便利超商或星巴克推出的新款咖啡名！……」

當那十來位外籍生迢遞來到婆娑之洋，美麗之島，終照出我們原形、提醒我們需加速成長時，於是，我格外想和青春人類共勉的遂是：

讓我們突破 narrow minded, narrow focus 的島民盲點與魔咒，在每天的閱讀中，不只讀白紙黑字的書，更熱情用心地去讀——人間、世界、地球這本大書吧！

抱歉，我孵不出綠豆芽！

有一個簡單平淡、但美好可喜的故事，曾深深感動我，令我難忘。

若你知道了這故事，或許也會難忘吧！

那是義大利一個企業公司招考新幹部時，所發生的一段小插曲。

據說，招考幹部的筆試結束後，這家公司發給所有筆試合格的人一袋綠豆種子，要求他們在指定時間，帶著發芽的綠豆回來，誰的綠豆種得最好，誰就能獲得那競爭激烈、待遇優渥的工作。

果然，當指定時間來臨，每個人都帶著一大盆生意盎然、欣欣向榮的綠豆芽回來，只有一個人缺席。

總經理親自打電話問這人為何不現身？

這人以懊惱、難過、不解的語氣說，因為他的種子還沒發芽，雖然在過去那段時間，他已費盡心血全力照顧，可種子依然全無動靜！

「抱歉，孵不出綠豆芽！我想，我大概失去這個工作機會了。」

據說，這便是那唯一的缺席者，在準備放下電話前所說的一句話。

但經理卻告訴這孵不出綠豆芽的男子說：

「恭喜你，先生！因為你才是唯一被我們錄用的新人！」

原來，那些種子都是被處理過的，不可能發芽。

種不出綠豆芽，正證明了男子是一個誠實不做假的人，公司認為，這樣的人必也是一個有操守的人。

「而這，」

總經理說：

「就是我們用人的唯一準則！」

……

這故事令我感動，是因為孵不出綠豆芽的男子，人格坦蕩，他寧可錯失一份志在必得的高薪工作，也不願投機取巧、自欺欺人。

這正呼應了一句西方諺語的精義——

「如果表現卓越是魚的話，那麼操守就是保鮮劑！」

表現卓越固然重要，但若卓越的表現是不擇手段、不講道德操守而來，一切都將失去意義。就像一條魚，再怎麼美味，沒有保鮮劑，最後還是會腐爛。

記得明代理學家王陽明臨終，弟子問他有何遺言時，王陽明的回答，同樣也是令人感動，甚至令人肅然起敬、擲地有聲的一句話：

「此心光明，尚有何言？」

那真是多麼俯仰無愧、圓滿乾淨的境界！

人生在世，究竟有幾人，能以這八字為自己一生下結論呢？

即使不能，至少，我們也應仰望此一光明標竿，心嚮往之，並盡力追求！

從馬桶裡舀一杯水，喝下去！

據說王永慶生前，和幾個重要幹部閒談時，曾拋出一個假想題，讓他們進行腦力激盪：

「什麼季節開冰淇淋店最合適？」

幹部們都說當然是夏天。

但有一位經理卻持不同意見，認為冬日最宜。

王永慶問為什麼？

這位經理的回答是，冬季嚴寒，一般人不吃冰，但冰品經營的最高境界，就是要在不吃冰的季節，還能吸引顧客上門，那才是真正的經營高手！

至於怎麼讓顧客在寒冬也能歡天喜地前來吃冰？

那當然只有以「最高度敬業精神」，出以絕佳創意和超品質服務，才可能做到。

而如果冰淇淋店，在冬天都能營運得門庭若市，夏天還用說嗎？……

據說王永慶非常欣賞這位經理充滿挑戰精神、「人定勝天」的意志、理念，和最高度敬業精神的回答，後來就優先拔擢了他。

而冬日冰淇淋之外，另一個關於敬業精神的故事，則不僅使人印象深刻，簡直就是令人震撼、畢生難忘了。

這真實的故事發生在日本，故事主角則是，一個利用假期到東京帝國飯店打工的女大學生。

女大學生在這個五星級飯店所分配到的工作是清洗廁所。打工第一天，當她伸手進馬桶刷洗時——女大學生日後回憶——差點當場嘔吐！

勉強撐過幾日後，實在難以為繼，遂決定辭職。但就在此關鍵時刻，大學生卻發現，和她一起洗刷廁所的一位老清潔工，居然在掃除工作完成後，從馬桶裡舀了一杯水喝下去！

大學生看得目瞪口呆，但老清潔工卻自豪自在地表示，凡是經他清理過的馬桶，都是乾淨得連裡面的水都可以喝下去的！

這個說法帶給大學生很大的啟發，令她了解到所謂敬業精神就是——任何工作，不論性質如何，都有理想、境界與更高品質可以追尋的；而工作的意義和價值，也不在工作本身高低、貴賤如何?卻在從事工作的人，能否把重點就放在工作上，去挖掘或創造其中的樂趣、積極性和最高境界。

在這之後，於是，再進入廁所時，女大學生便再也不引以為苦了，卻把廁所視為自我磨練與提昇的道場，每清洗完馬桶，也總以「我可以從這裡面舀一杯水喝下去嗎？」之自問，做為工作是否完成的標準。

假期結束，當經理驗收成果，女大學生便在所有人面前，從她清洗過的馬桶裡舀了一杯水喝下去！

這舉動同樣震驚了在場所有人，並且，尤其讓經理認為，如此工讀生絕對是不可錯過的人才。大學畢業後，果然，在經理力邀下，女大學生被延攬進帝國飯店工作。

然後，憑著這簡直匪夷所思的敬業精神，三十七歲以前，她是日本帝國飯店最出色的員工和晉升最快的人。三十七歲以後，步入政壇，她得到當時日本首相小泉賞識，成為日本內閣郵政大臣。

這位女大學生的名字叫野田聖子。

直到現在，這位現年四十四歲、被認為頗具潛力角逐首相大位的內閣大臣，據說每次自我介紹時總還是說：

「我是最敬業的廁所清潔工，和最忠於職守的內閣大臣！」

記得世界三大男高音之一的帕華洛帝，每次唱得感動別人也感動自己時，總說「上帝在親吻他的喉嚨」。

至於冬日冰淇淋和馬桶清潔工，這兩個關於敬業精神的故事，則令我覺得，上帝所親吻的，應是這兩位值得取法的工作者的腦袋，和他們認真的手吧！

讓臺灣更可愛！（附錄）

很高興能在這樣一個晴朗的春天下午，和各位同學共聚一堂。

今天天氣不錯，陽光正好，溫度適中，紫外線指數也在安全範圍內，是很適合約會的日子，因此到中壢來赴各位同學這場午後之約，心情很愉快。剛好我兒子現在也是高中生，和各位同學年齡相當，從各位身上我彷彿看見他的影子，所以愉快之外，還特別湧生親切感。平常我總是很努力、也非常盼望和兒子維持一種親密朋友的關係，因此來到這裡，很希望各位同學也能把我當成是一個朋友，而不是「作家」或什麼「專家」。

因為據說「作家」就是「坐在家裡的人」，但我們知道寫作不能閉門造車，寫作者必須走出他的生活世界，有所觀察也有所關懷；至於「專家」，記得不久前一位國中男孩曾跟我說：「專家就是『專門害大家』！」這當然是開玩笑的講法，不過我卻是真的很希望同學能把我當成一個親切的、來結善緣的朋友，這樣，我們今天的約會才更有意義！

今天我要跟各位談的，是一個很生活化的題目——讓臺灣更可愛！

為什麼訂這個題目呢？我有一位外國朋友，是瑞士人。我們知道瑞士有「世界花園」之稱，是一個美麗的國家。如果你問瑞士人為什麼他們沒有產生過偉大的畫家？瑞士人會很理直氣壯告訴你：

「瑞士風光宜人，家家戶戶推開窗就是一幅動人美景，我們何需畫家？」

而這樣一個被美麗風景寵壞了眼睛的瑞士人來到臺灣，當他去過我們的墾丁國家公園，當他親自走過太魯閣峽谷，當他乘巴士來到蘭陽平原、坐火車穿越花東縱谷，甚至當他背著登山背包攀登了我們海拔三千九百五十二公尺的玉山峰頂後，這位瑞士朋友說，他覺得臺灣的山水之美，比瑞士還更豐富更多變化。

但他感到遺憾的是，在這個美麗之島上，好像很多人都很浮躁、很情緒化、不怎麼講理。因為他曾在路上親眼看見兩部車只不過輕微擦撞，車主便怒氣沖沖下來與對方理論，造成嚴重的交通堵塞，後面的車陣又喇叭聲大作，一時之間整個場面顯得非常火爆且混亂，而這種情形，令他意外的是，竟然還不只遇見一次，所以，「如果大家能講理一點」，這位瑞士朋友說：「不是只講自己的理，還講別人的理，那麼我覺得臺灣會更可愛！」

當然，這番批評只是這老外個人的「一家之言」而已，但平心而論，也確實有值得我們深思反省處。所以，我們是不是也可以這位老外的感慨為基礎，去思考怎樣「讓臺灣更可愛」的課題？

其實，讓臺灣更可愛，就某個意義來看，也就是讓自己更可愛。因為一個社會裡的成員，如果絕大部分都很溫暖可愛，這個社會也一定比較令人愉快。當然，讓臺灣可愛的方法很多，每個人的看法也不盡相同，因此底下我所提出的四個建議僅供參考，希望同學也能針對這個課題自己去進行思索。

首先，我想提出來的第一個建議是：培養理性。

所謂理性，簡單說就是拒絕情緒，不做情緒的奴隸。

舉例來說，去年夏天，我到新營鎮臺南縣立文化中心演講。演講結束後，我先從新營坐汽車到嘉義，然後再從嘉義準備搭火車回臺北。沒想到在嘉義火車站入口處遇見了曾昭旭教授。曾教授是來嘉義演講的，卻沒演講成。我問他原因，曾教授說，那天中午他從臺北坐飛機抵達嘉義時，一場罕見的午後雷陣雨使得機場關閉了。原機飛回臺北，卻沒想到臺北也因一場罕見的午後雷陣雨，飛機不能降落，機長因此決定飛高雄。但經過幾十分鐘航程，飛機抵達小港國際機場上空，小港機場也因突如其來的大雨臨時宣佈關閉，機長只好當機立斷飛澎湖。最後飛機在澎湖馬公機場降落，曾教授打了一個電話回家說，我現在人在澎湖，把家人嚇了一跳，說你不是要去嘉義嗎？怎麼去了澎湖？而且怎麼去的？……後來飛機加足油料再折返嘉義時，演講時間已過，主辦單位通知在場民眾演講因故取消，曾教授說，這便是他人來了卻沒演講成的原因。

在這裡我想請問各位同學，如果你就是那班飛機上的乘客，飛機在幾萬呎高空，窗外是閃電驚雷，遲遲不能降落，你會有什麼反應？

恐懼、焦慮其實很正常，有些人也許因此自歎倒楣、大為抱怨，甚至情緒激動。但我看曾教授在敘述這整個過程時，始終面帶微笑，覺得這其實也是很精彩的經驗，「因為能在短短兩三小時之內，飛遍臺灣本島以及離島重要機場，很有意思啊！」他說。像這樣在困境或非常事件中，能掌握情緒主控權，正向思考，以積極、幽默態度面對問題，便是一種理性。以理性態度面對人生，生活的品質便會提高。而如果一個社會是理性取向的社會，那麼那位瑞士朋友所說「浮躁、情緒化、不怎麼講理」的現象就會減少，自然也就應是一個比較可愛的社會了。

其次，怎樣讓臺灣更可愛？我想提出的第二個建議是：培養體貼情懷。這可從培養公德心、感恩心、關懷心三個方向著手。

首先就公德心來說，比方我們在使用公廁時，如果能想到我使用完之後還有別人要用，因此很小心地去維護廁所的乾淨，就算不小心弄髒了，也會想辦法讓它恢復原狀——像這樣將心比心為別人設想，並且以這個態度去面對所有公共物品和公共環境，便是公德心。

至於感恩心，便是心中常存感謝。我雖然沒有宗教信仰，但卻覺得基督徒在用餐前低頭謝飯的做法很好。因為今天我們享受許多方便、幸福、快樂，不是理所當然，而是許多人在幕後努力的結果。

像我小孩喜歡吃御飯糰，但我跟他們說，小小一個御飯糰，二十五塊錢，五分鐘吃完，不到兩小時就消化了，可是它背後製作過程卻很繁瑣複雜：首先要有人種稻、照顧稻子、收成稻子、把稻穀碾成米、把生米煮成熟飯，還要有人負責調味、捏飯糰，做成漂亮的三角形。至於包飯糰的海苔，做為餡的肉鬆、小黃瓜、三杯雞、明太子，等等，背後無不有一群無名的工作者在默默付出，讓我們輕輕鬆鬆以很少的代價就能享用它！而我們究竟何德何能，對這個人間、社會有什麼貢獻？竟可以如此享用他人所提供的便利？所以不該感謝嗎？因此我現在都要求小孩吃飯前儘可能要說：「感謝所有讓我享受這頓美食的人！」我自己也跟著他們說。我常覺得西方人的感恩節（Thanksgiving Day）真是耐人尋味。因為我們的確都是不斷接受別人給予、甚至老天給予的人，對於這些給予，我們不但要thank，而且還要thanks！我相信有感恩心的人，也必然是較具體貼情懷的人。

最後說到關懷心。在臺灣，我們關懷這塊土地的方法很多，但我個人以為力行環保是很好的一個方式。處處自備塑膠袋、筷子湯匙；少用，甚至不用那些只用一次就丟的東西，減少垃圾，並且盡量回收寶特瓶、保麗龍碗盤、鋁箔包等可回收之物，都是我們可以做到的。而當你真這樣做之後，你會感到快樂，因為你對這塊土地是有貢獻的。平常我小孩如果上學帶便當不自備湯匙，卻使用免洗筷，我一定會「碎碎唸」一番，並且覺得自己沒有善盡引導教育之責。而我知道有一位母親在小孩讀幼稚園時，就要他盡量使用手帕，還規定面紙要「省著用」，也就是要摺起來一點點用，若無特殊狀況，用過三次才能丟，從小就訓練孩子節儉愛物，培養珍惜資源的觀念，令人印象深刻。

基本上，環保是一件沒有上限的事，我們做的實在太少，應該要求自己多用心才是。而如果我們真能如此體貼愛臺灣，這塊土地怎會不可愛呢？

底下，我想給同學的第三個建議是：培養幽默感。

我相信同學一定都注意到許多車輛後面都貼著「no kiss」兩個字，其實就是保持距離的意思，這便是一種幽默。如果兩輛車不幸碰撞，就像剛才我們所說那位瑞士朋友看到的那樣，如果車主是下來檢視「吻痕」，而非劍拔弩張地興師問罪，幽默一點，結果就會很不一樣，整個道路也不會因此堵塞起來。簡言之，有幽默感的人，通常都是比較具包容性、心胸遼闊的人，願意用一種比較輕鬆、建設性的方式來解決問題。

像我有位朋友，兒子進入青春期後，父子關係忽然變得疏離緊張起來。不過這位父親是一個很用心的人，他注意到兒子愛聽笑話，於是便從報章雜誌收集了很多有趣好玩的笑話，兒子每天晚上從圖書館回來就說一個給他聽，兒子有時也回報以學校發生的趣聞；後來這事竟演變成父子倆約定好，每天兩人互說一個笑話給對方聽。這種「輕鬆打」的做法，不但改善了他們父子關係，也使他們的心情、生活態度都隨之開朗起來。

我覺得幽默是一種力量，幽默感是可以培養的。我常覺得我們這個社會有時似乎太緊繃了，我們個人的情緒有時也可能太緊繃了些，如果幽默一點、輕鬆一點，所謂大我小我，是不是也會更可愛一些？

最後，我要給同學的建議是：培養閱讀習慣。

從終生學習的觀點來看，閱讀，是我們進行自我教育最便捷也最有效的一個途徑。透過閱讀，我們可以吸收成長的養分，獲致精神的充實，也可以提升審美能力，甚至提升生活品質；另外，還可以激勵生活的勇氣與熱情，甚至找到人生的答案！當然，閱讀也可以不必這麼嚴肅，如果一書在手，能讓我們獲得想像的滿足、精神的安閒、心靈的快樂，也都很好。

大體來說，臺灣社會給人的感覺是有錢、富裕，但精神空虛，文化氣質粗俗。據說在歐洲有些國家你坐計程車，可以和司機談蕭邦，但我今天坐計程車，司機和我談的卻是七夜怪談、董月花和阿雅的剉冰舞。當然，七夜怪談、董月花、剉冰舞不是不可以談，但除此之外，我們是不是還可以追求更深刻一點的東西？如果有一天我們坐計程車，能和司機談紅樓夢、金庸、余光中的詩，各位想想，那會是一個怎樣的情景？不知未來是否真有這樣的可能？

記得英國散文家約翰生曾說：「好作品使人更懂得享受（enjoy）或忍受（endure）人生。」這話也一語道破閱讀的意義。

什麼叫「使人更懂得享受人生」？例如各位國中國文讀翁森的〈四時讀書樂〉有這樣的句子：「好鳥枝頭亦朋友，落花水面皆文章。」翁森是把樹上的小鳥當成親切的朋友，把落在水面上的花瓣圖案，當成一帖春日小品或一首春天的詩來讀。這種生活美學可以啟發我們一種細膩溫柔的態度，去面對生活和周遭世界。

至於閱讀好作品「使人更懂得忍受人生」——記得我在高二那年讀《基督山恩仇記》時，覺得基督山伯爵報恩、復仇的故事很精彩。後來第二次再看，讀到心計極深的基督山伯爵進行復仇計劃至最高潮的部分，也就是他終於和顛覆了他一生、將他打入暗無天日的黑牢去受盡各種折磨與痛苦的死敵面對面時，基督山伯爵卻忽然決定中止他精心策劃多年的復仇大計了，他對這陷害他至深、如今在他面前束手無策的仇敵這樣說：「我寬恕你，因為我也需要被寬恕！」記得當時我讀到這裡，深受感動，眼淚不禁奪眶而出。因為我們常站在道德的高處去批評指責別人，但其實我們沒有犯相同的錯誤，不是因為我們道德比別人高超，而很可能是因為我們沒有受到相同考驗的緣故。如果同樣接受考驗，也許我們比別人更壞、更惡劣也說不定！這樣看來，我們又有什麼資格去論斷或指責別人呢？這段故事為我打開了一扇別具意義的心靈視窗，使我開始學習以一種同情、理解的心情去看待別人的錯誤，也讓我體會「更懂得忍受人生」的真諦。所以，閱讀，是可以提升我們生命層次的。希望各位同學能把閱讀當成這一生中永不凋謝的習慣，讓自己變得更可愛，也讓我們這社會因為成為一個書香社會而更可愛起來。

培養理性、體貼情懷、幽默感、閱讀習慣——如果人人如此，是不是能使臺灣更可愛呢？希望可以。

不過，這是一輩子的功課了，讓我們大家一起來努力，好嗎？

……

今天很簡單，其實也不簡單地就講到這裡，希望對同學而言有參考的價值。謝謝各位。

註：這是十餘年前，於中壢某高中的演講稿。

活出更好的自己！（後記）

這本我所鍾愛的作品，能以如此可喜的面貌問世，實必須感謝——九歌出版社編輯團隊中的素芳學妹、欣純小姐，繪圖者蘇力卡小姐和封面設計廖勁智先生等。

當然，也必須感謝，我們家那兩位對我提供建設性意見的新新人類，以及，在我身邊永遠給予最有力支持的生命夥伴。

尤其感謝，你願意閱讀這本書——不論從個人，還是從美麗島、地球村一分子的角度——一起來思考有關「人生的未來性」、「活出更好的自己」等這些值得思考的課題。

現在決定未來。

未來也決定現在。

面向時間的前方，不論陰晴風雨，讓我們秉持理性與熱情——

微笑前進吧！

——二〇一二年白露・于新北市新店

九歌文庫 1119

與玉山有約
樂在成長・活出當代

著者　陳幸蕙
插畫　蘇力卡
責任編輯　鍾欣純
發行人　蔡文甫
出版發行　九歌出版社有限公司
臺北市105八德路3段12巷57弄40號
電話／02-25776564・傳真／02-25789205
郵政劃撥／0112295-1
九歌文學網　www.chiuko.com.tw
印刷　晨捷印製股份有限公司
法律顧問　龍躍天律師・蕭雄淋律師・董安丹律師
初版　2012（民國101）年10月
初版 2 印　2016（民國105）年 4 月
定價　250元

書號　F1119
ISBN　978-957-444-844-9
（缺頁、破損或裝訂錯誤，請寄回本公司更換）

國家圖書館出版品預行編目資料

與玉山有約／陳幸蕙著. -- 初版. --
臺北市：九歌，民101.10
面；　公分. --（九歌文庫；1119）
ISBN　978-957-444-844-9（平裝）

855　　101015882